KB097824

이덴

초판 1쇄 발행 | 2010년 6월 25일
3쇄 발행 | 2013년 8월 15일
지은이 | 미카엘 올리비에, 레이몽 클라리나르
옮긴이 | 박희원
펴낸이 | 최윤정
펴낸곳 | 바람의 아이들
만든이 | 최문정 이창섭 여은영 김민영 박미란 남경미
등록 | 2003년 7월 11일(제312-2003-38호)
주소 | 121-841 서울시 마포구 서교동 448-29
전화 | (02)3142-0495 팩스 | (02)3142-0494
이메일 | windchild04@hanmail.net
ISBN 978-89-94475-04-2
978-89-90878-04-5(세트)

E-den
by Mikaël Ollivier and Raymond Clarinard

미카엘 올리비에 · 레이몽 클라리나르 글 | 박희원 옮김

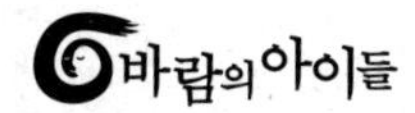

| 한국 독자들에게

서양의 성스러운 기록들에 따르면 '에덴의 정원'은 천국의 땅으로, 하느님을 믿는 사람들은 죽은 뒤 그곳에서 다시 만나기를 희망한다고 한다. 영어의 'Eden'은 피난처, 은신처 등을 의미한다. 마찬가지로 레이몽 클라리나르와 나 역시 소설의 제목인 이 한 단어 속에 다양한 의미를 모아 보고자 했다. 프랑스어 제목 'E-den'. 대문자 'E'와 하이픈은 일렉트로닉을 뜻하는 E-mail의 앞부분과 똑같다. 그 이유는 우리의 소설이 그리고 있는 것이 일렉트로닉 파라다이스란 점 때문이고 또한 약 오십 년 뒤의 미래를 무대로 하고 있는 이 이야기가 우리 시대의 경계에 맞닿아 있기 때문이다. 우리가 살고 있는 21세기, 가상현실은 점점 더 진짜와 똑같아지고, 젊은이들은 매일매일 몇 시간씩 그 속에 빠져 지내고 있다. 게다가 인간이 살 수 있는 유일한 행성이라고 알려진 지구는 폭발하는 인구 증가와 여러 환경 문제들 앞에서 더욱더 작고 초라한 곳이 되어 가고 있다. 그 결과 우리는 이곳이 아닌 다른 곳에서 피난처를 찾을 수 있으리라는 환상을 갖게 되는 것이다. 하지만 전자게임과 같은 가상현실로의 도피가 해결책이 될 수 있을까? 오히려 그것은 일종의 환상 혹은 마약과 같은 것이 아닐까? 프랑스에서는 서양의 수많은 젊은이들을 유혹하여 파멸로 이끄는 마약들을 일컬어 '인공낙원'이라는 표현을 쓰고 있다. 이 표현은 다시금 인공, 일렉트로닉, 가상현실과 같은 요소들을 환기시킨다. 바로 그것이 레이몽 클라리나르와 내가 쓰고자 했던, 이 책의 핵심이다. 더불어 우리는 현실적으로 재미있게 읽히면서 스릴 있고, 공상과학소설인 동시에 모험소설이며, 거기에 사랑 이야기까지 녹아든, 그야말로 모든 것을 선사하는 소설을 쓰고 싶었다.

물론 흥미로운 이야기도 중요하다. 그러나 인공낙원이 곧바로 지옥으로 전락하는, 불안한 미래에 대한 초상을 그리는 것 또한 중요한 의미를 지닌다. 이곳 프랑스에 있는 나의 젊은 독자들이 이 이야기를 가장 높이 사는 점도, 흥미진진한 전개와 더불어 우리 눈앞의 세상을 성찰하고자 하는 의지가 잘 어우러져 있다는 점일 것이다.

바람의아이들에서 나온 내 소설 『뚱보, 내 인생』을 이미 읽은 독자들에게 귀띔을 하나 주자면, 지금 손에 든 책에 나오는 주인공들의 성씨를 눈여겨보기 바란다. 뭔가 떠오르는 게 있을 것이다. 이 두 소설의 장르는 아주 다르지만 둘 사이에는 단단한 연결고리가 있다. 비록 그것이 내가 두 작품에 대해 가지고 있는 애착일 뿐이라 할지라도 말이다.

프랑스의 생-피아트에서

미카엘 올리비에

프롤로그

여느 아침처럼 티 없이 파란 하늘이 에버그린 언덕과 고래들의 만(灣)을 뜻하는 웨일 베이 창공에 펼쳐져 있다. 멜 역시 여느 아침처럼 집 가장 높은 층의 테라스에 자리를 잡는다. 조금 이른 시간이지만 멜은 세상 그 무엇과도 바꿀 수 없는 멋진 구경거리를 놓치고 싶지 않다.

왼편으로는 푸른 언덕이 끝없이 펼쳐져 있고 그 위에는 해변을 바라보는 집들이 점점이 자리 잡고 있다. 오른편으로는 뱀처럼 구불구불한 길이 테라스에서는 보이지 않는 마을로 이어진다.

따사로운 바람이 일어, 커다란 원 대형을 이루며 바다 위를 날고 있는 야생의 새들을 밀어주면 새들은 곧바로 내륙을 향해 질주한다. 멜은 난간에 팔을 괴고서 나무들이 내뿜는 향기와 옅은 소금기가 섞인 공기를 들이마신다.

황금빛 도는 푸른 난바다에는 퍼니 아일랜드에 딸린 작은 섬들이 햇빛을 받으며 반쯤 잠들어 있다. 섬 위에 펼쳐진 유원지와 섬을 잇는 다리들은 아직 닫혀 있다. 깊은 밤이면, 멜은 해변 위에 펼쳐지는 빛의 유희를 지켜보는 것을 사랑한다. 그러나 아침에는 전혀 다른 것이 그녀를 기다리고 있다. 이제 곧 시작될 것이다.

아직 아침 먹기 전이다. 멜은 엄마가 마을에서 돌아오는 대로 아침을 차릴 거란 걸 알고 있다. 그동안은 조용히 테라스에서 바다를 감상할 수 있는 것이다. 조금 이따가는 자신만의 해변에서 물놀이를 즐길 수도 있을 것이다. 그러면 곧 엄마가 함께 할 것이고 둘은 상점에 나들이를 갈 것이다. 엄마는 멜과 나들이 가는 걸 무척 좋아한다. 저녁에는 영화관에 갔다가 수다를 떨고…….

갑자기 만에서 길고 날카로운 호각 소리가 들려오자 멜의 심장은 벅차오른다. 그들이 온 것이다. 매일 아침 정확한 시간에 자신을 위해 노래를 불러 주기 위해서 말이다.

처음에는 수면 아래 짙은 그림자의 형태로 다가오는 모습만 보일 뿐이다. 멜은 그들의 숫자를 세어 본다. 다섯, 오늘은 다섯이다. 때론 다섯보다 많기도 하고 적기도 하지만 그들은 언제나 같은 시간에 나타난다. 이제 첫 번째 놈이 고요한 물거품 위로 천천히 등을 드러낸다. 흘러내리는 물방울들로 찬란한 그 등은 곧 물속으로 다시 사라진다. 이어서 다른 놈, 또 다른 놈. 멋진 발레가 시작되는 것이다.

고래들은 자기들의 노래에 맞추어 원을 그리며 재주를 넘는다. 오로지 멜만을 위해서. 물론 언덕의 다른 집 사람들도 이 광경을 즐길 수 있을 테지만, 고래들이 그곳에 온 까닭이 결국은 자신을 위한 것이라는 걸, 멜은 마음속 깊이 알고 있다. 호각 소리와 떨림이 뒤섞인 멋진 노랫가락은 아무리 들어도 질리지 않는 아름다운 협주곡을 만들어 낸다. 마침내 그들 가운데 한 마리, 가장 어린 게 확실한 고래가 수면 위로 온몸을 드러내며 뛰어오르고 곧 요란한 마찰음과 함께 무수한 거품을 만들어 내며 수면 위로 떨어진다. 이것으로 끝이다.

아직 그 감동을 완전히 떨쳐 버리지 못한 채 멜은 고래들이 저 멀리 난바다로 멀어져 가는 모습을 지켜본다. 내일, 그들은 또 오리라. 멜 역시 테라스에서의 랑데부를 거르지 않을 것이다. 순간 멜은 언젠가는 고래들을 따라가 보겠다고 다짐한다. 때마침 울린 자동차의 경적 소리에 멜은 상념에서 깨어난다. 배가 고프다. 눈길을 돌려 길 위를 보니 장을 보고 돌아온 엄마의 붉은색 오픈카가 보인다. 엄마 역시 고래들 만큼이나 시간이 정확하다.

또다시 멋진 날이 밝았다. 멜은 오늘 하루도 행복할 것이다.

1

고랑▽4월 7일

사는 게 뭘까. 원래 나는 오늘 저녁 브르타뉴에 있어야 하는데 이렇게 파리의 내 방에서 두 눈을 뜬 채 어둠을 응시하고 있다. 나는 그녀를 생각한다. 멜. 다시는 오늘 아침 그녀를 만나기 전과 같이 살아갈 수 없으리란 느낌이 든다. 무엇인지 정확히 알 수 없지만 오랫동안 기다려 왔던 그런 감정이 나를 사로잡은 것이다.

아빠와 함께 아홉 시에 집을 나섰다. 차 속에서 나는 내내 뿌루퉁했다. 사실은 무지무지 화가 나는 걸 겨우 참고 있었다.

"그런 얼굴 좀 하지 마라, 고랑!"

아빠가 한숨을 내쉬며 말했다.

"어떤 얼굴이요!"

"출발하면서부터 한 마디도 안 했지 않니. 나라고 뭐 휴가가 고작 나흘인 게 좋겠니?"

"함께 이 주를 보낼 수 있을 거라고 약속했잖아요."

"알고 있다. 나도 아들과 함께 브르타뉴에 가서 부모님과 보름을 지내는 게 더 좋지만……."

아빠는 말을 끝맺지 못하고 한숨을 쉬었다.

"이번에는 또 뭐예요?"

내가 물었다.

"바르셀로나에서 불법 침입이 있었다는구나. 열두 명의 마약중독자들 짓이래."

"펄프X 중독자들인가요?"

"그래. 이번에는 어린애들이라는구나. 대부분이 네 나이 또래야. 내 아들도 그렇게 될 수 있다는 생각을 하면 정말 끔찍하다."

그럴 일은 없다. 세르주 푸아레의 아들, 마약 및 향정신성의약품 퇴치를 위한 연방 수사본부의 가장 유능한 요원의 아들인 이상, 그런 데 손을 댈 가능성은 전혀 없다. 어린 시절 내내 나는 으슥한 곳에서 죽은 채 발견된 어린 마약중독자들과 헤로인, 코카인, 펄프X 등 각종 마약을 팔다가 결국은 감옥 신세를 지게 된 마약상들 이야기를 질리도록 들었다.

우리가 8차선 도로에 진입하자마자 갑자기 교통 흐름이 느려졌다.

"또 무슨 일일까요?"

내가 아빠에게 물었다.

"저기서 시위를 하나 보다."

정말로 톨게이트 주변에서 플래카드를 들고 시위하는 사람들이 보였다.

"젊었을 때 생각이 나는구나."

아빠는 피곤한 듯 말했다.

"그때는 자동차들을 코드로 읽을 수 없을 때였어. 그래서 고속도로에 진입하려면 매번 멈춰 서서 표를 끊고 돈을 내야 했단다. 휴가를 떠날 때마다 늘 같은 풍경이었어. 생-아르노 톨게이트 주변은 늘 차들로 복잡했지. 하지만 세 시간 후에는 렌 지방에 도착할 수 있었단다."

"세 시간이라고요!"

"그래. 그때는 차들이 지금보다 훨씬 빨리 달릴 수 있었단다. 네 할아버지는 시속 150킬로미터는 밟았으니까."

"우와."

"세 시간 반이면 디나르에 가 있었지."

우리 차는 조금씩 톨게이트에 다가서고 있었다. 시위 때문에 차가 막힌 게 확실했다. 기름으로 가는 자동차를 반대하는 집회였다. 무공해 모터가 발명된 지 벌써 몇십 년이 되었지만, 정부가 비용 때문에 마지막 남은 원유를 마저 쓰기로 결정했다는 것은 이미 널리 알려진 사실이다. 전기 자동차의 가격은 인위적으로 아주 높게 유지되어 보통 사람들은 엄두를 낼 수도 없다. 공공 교통수단인 버스나 앰뷸런스, 우리 아빠의 차처럼 공무수행에 쓰이는 차를 제외한 모든 교통수단들은 석유로 굴러갈 수밖에 없게 만든 것이다. 나는 친구 페리와 함께 유럽 교육부의 인트라넷에 이와 관련해서 탄원서를 내었다. 이미 백오십만 명 이상의 사람들이 석유 모터의 폐지를 지지하며 전자 서명을 해 주었다.

마침내 우리 앞의 길이 열렸다. 다섯 시간 뒤면 우리는 디나르에 도착할 것이다. 아빠는 자동차에 딸린 컴퓨터에 이미 등록된 경로를 지정하고 잠깐이나마 눈을 붙이러 뒷자리로 갔다. 어제 아빠는 사무실에서 아주 늦게 돌아왔다. 아니, 오늘 아침 아주 일찍 들어왔다고 하는 편이 어울리겠다.

아빠가 눈을 감자마자 무전기가 지지직거리며 작동했다.

"세르주…… 세르주, 여기는 노라!"

아빠는 한숨을 내쉬며 몸을 다시 일으켰다.

"뭔가? 내가 이미 얘기했잖아. 다섯 시간하고 사십삼 분 전부터 나는 휴가 중이란 말이야."

"꿈 깨시지요!"

무전기 저쪽에서 노라가 대답했다.

"또 무슨 일인데?"

"적색 경보예요."

"뭐라고?"

"막심 그레앙이 집에서 당신을 기다리고 있다고요."

"그레앙이라고? 농담이겠지."

"천만에요. 여기는 지금 전투 준비 상황이에요. 사태가 심각하다고요, 세르주. 주소를 알려 줄게요."

아빠는 다시 앞자리로 옮겨 왔다. 무척 화가 난 얼굴이었다. 무슨 일인지 영문을 모르는 나였지만 한 가지만은 분명했다. 아빠에게 주어진 나흘의 휴가마저 날아간 것이다. 이번에도 나는 혼자서 브르타뉴에 갈 신세다.

내가 입을 열었다.

"막심 그레앙이라면 바로……"

"그래. 맞다. 그 막심 그레앙. 어쩌면 다음 프랑스 지도자가 될지도 모를 그 인물이지."

아빠가 긴장된 목소리로 대답했다.

"그럼 디나르에는……"

"디나르는 잊어버려라. 적색 경보가 발령되었어, 고랑. 미안하지만 우리는 되돌아가야겠구나."

"우리라뇨?"

"널 내려 줄 시간도 없다."

나는 웃음을 감출 수 없었다. 물론 나는 브르타뉴에 가는 걸 좋아한다. 할아버지 할머니도 무척 사랑한다. 비록 그분들이 구닥다리 노래만 좋아하더라도. 그렇지만 어쩔 수 없이 파리에 머무르게 되더라도 내가 원하는 것은 아빠와 함께 지내는 거다.

"디나르에 전화해서 할아버지 할머니께 사정을 말씀 드리겠니? 이 시간이면 아직 식당에 가시진 않으셨을 게다."

아빠가 부탁했다.

아빠는 자동차를 다시 수동 모드로 바꾸고 이제 막 시야에 들어온 출구 쪽으로 향했다. 할아버지와 할머니 대신 자동응답기가 전화를 받았다.

"클레르와 벵자맹 푸와레입니다. 신호음이 나면 메시지를 남겨 주시거나 아니면 직접 물리네 식당으로 전화를 주세요. 전화번호는……"

사십오 분 뒤 우리는 포슈 가 52번지에 차를 세웠다. 때를 딱 맞춰 빗방울이 떨어지기 시작했다.

"너는 차에서 기다려라. 오래 걸리지 않을 거야."

아빠는 먼지로 뿌연 하늘이 쏟아 붓는 빗방울을 피할 생각도 하지 않고 건물의 현관을 향해 뛰었다.

삼십 분쯤 지나자 장마철에 늘 그렇듯 비는 시작할 때와 마찬가지로 갑자기 멈췄고 아스팔트는 금방 다 말라 버렸다. 그동안 나는 라디오의 모든 채널들을 다섯 번은 족히 돌려 보았을 것이다. 좀이 쑤셔서 도저히 자리를 지키고 있을 수 없었다. 결국 차 밖으로 나와서 건물 앞에서 보초를 서고 있는 경비원에게 다가갔다.

"저는 푸아레 요원의 아들인데요. 아빠가 차 안에 있는 무전으로 저를 불렀거든요. 저더러 들어오라고 하세요."

경비원은 별로 따지지 않고 나를 들여보내 주었다. 건물 삼층에서 나는 살짝 열린 문 앞에 다다랐다. 발끝으로 조심조심 걸어서 들어가자 고급스러운 아파트 내부가 눈에 들어왔다. 의사들, 그리고 제복을 입은 경찰들과 사복 경찰들이 분주하게 움직이고 있었다. 모두들 일에 몰두하느라 아무도 나 따위에게는 관심을 갖지 않았다. 본부로 전화를 걸고 있는 노라도 볼 수 있었다. 나는 조용히 복도를 따라 걸었다. 복도 끝은 문이 활짝 열린 방과 이어져 있었다. 그 문에 점점 가까이 갈수록 이야기를 나누고 있는 두 남자의 목소리가 뚜렷하게 들려왔다. 그중 한 명은 아빠였고 다른 한 명은 텔레비전에서 자주 듣던 목소리, 바로 유명한 정치인인 막심 그레앙이었다.

"멜은 지난 주에 열여섯 살이 되었네."

그레앙이 아빠에게 말했다.

"물론 생일날 나는 지구 반대편에 있었지! 그 애는 자기 생일날 같이 있어 주지 않아서 나를 무척 원망했네. 멜라니, 그 애는 엄마의 죽음을 너무나 힘겨워하고 있어."

"사모님께서 돌아가신 건 이 년 전이지요. 맞습니까?"

아빠가 물었다.

나는 대답을 듣지 못했다. 열린 문 틈으로 침대에 누워 있는 사람의 실루엣이 보였기 때문이다. 창백하고 가녀리며 아름다웠다. 마치 현미경으로 개똥벌레를 관찰할 때처럼, 수백의 먼지 입자들이 빽빽한 빛줄기가 내리꽂히는 곳에 후광을 드리운 채 그녀가 있었다. 멜라니, 멜. 꿈속에서 그리던 모습이었다. 순간 내 안에서 평생 기다려 왔던 감정이 깨어났다.

2

세르주▽4월 7일

마지막으로 아들과 함께 휴가를 보냈을 때가, 그러니까 아직 아내가 떠나기 전이었지 싶다. 그 뒤로는……. 그 뒤로는 매번 일이 생겨서 휴가를 떠날 수 없었다. 한번은 프라하에서 십대 마약중독자 놈들의 대규모 불법 침입 사건이 있었고, 한번은 스톡홀름에서 마약 거래상 일당들이 보복을 하겠다고 설쳐 댔고, 또 한번은 샤르트르*에서 삼엄한 경계를 펼쳐야 했다. 하지만 오늘처럼 긴급한 상황은 없었다.

막심 그레앙은 고약한 표정으로 나를 쳐다보았다. 잔말 말고 해

* 프랑스 북서부의 도시로 고딕 양식을 대표하는 대성당이 유명하다.

결책이나 빨리 찾는 게 좋을 거라고 말하는 표정이었다.

"그래요, 푸아레 씨. 내 아내는 이 년 전에 자동차 사고로 죽었소. 하지만 그게 이 일과 무슨 상관이 있는지 모르겠소."

막심 그레앙, 그는 유럽의회 내 자유주의 세력의 대표이자 아메리카의 여러 도시들의 분쟁을 종식시키는 국제정전위원회의 의장직을 맡고 있으며 그 밖에도 내가 기억하지 못하는 대단한 타이틀을 여럿 달고 있다. 그런 그도 예의바른 사람이라고는 할 수 없었다. 하기야 유럽연합의 대통령이 되기 위한 마지막 관문인 프랑스의 지도자로 거론되는 사람이니 나 따위에게 예의를 갖출 리가 없는 건 당연하지. 그렇지만 이 사건을 내가 맡아 주었으면 하고 원한 건 바로 그였다. 사실 나는 우리 팀에서 가장 뛰어난 요원이다. 항상 내 일에 최선을 다하니까. 게다가 '지도자'(그의 주변 사람들이 그를 부르는 호칭을 따르자면)의 뜻은 곧 명령이므로 나 같은 아랫사람은 조금의 망설임도 없이 휴가를 포기하는 수밖에.

"따님은 대부분 혼자 지내나요?"

대답 대신 내게 되돌아온 것은 또 한 번의 어두운 시선이었다. 그것으로 충분했다. 그의 딸 멜라니는 대부분의 날들을 혼자서 지내 왔던 것이다. 어쨌든 아버지는 같이 있어 주지 않았다. 어머니는 죽고 아버지는 곁에 없고 돈은 너무나 많고……. 내 직업상으로 볼 때 너무나 뻔한 조합이다. 점잖게 표현하자면 어린 소녀는 부족한 것 하나 없는 호사를 누리면서 심심해서 죽고 싶었겠지. 그렇다고 죽을 수는 없으니 그 대신 선택한 것이 마약이다.

그 아이는 침대에 몸이 널브러진 채 있었다. 제법 귀여운 얼굴이었다. '잠자는 숲 속의 미녀'. 지나치게 부담스런 인물이었지만 다른 한편으론 내가 늘 마주치는 마약중독 희생자 가운데 하나에 불과했다. 고랑보다 한두 살이나 많을까.

우리 팀 대원인 노라는 이미 후송에 필요한 절차들을 밟고 있었다. 우리에게는 코마에 빠진 여자아이가 있고 그 아이에게 가능한 모든 의학적 검사를 진행해야 한다. 그것도 가능한 한 비밀리에. 그 아버지가 누구인지를 생각하면 무엇 하나 힘들다고 불평할 수 없었다.

그러나 막심 그레앙과 나는 하마터면 서로 얼굴을 붉힐 뻔했다. 수사팀 법의학자들에게 주사기 수거를 지시하던 나는 깨질 듯 날카로운 그레앙의 목소리에 뒤를 돌아볼 수밖에 없었다.

"이건 뭔가?"

그레앙은 딸아이의 방문 쪽을 바라보고 있었다. 그의 시선을 따라가 보니, 고랑, 고랑이 거기 있었던 것이다! 어떻게 고랑이 그레앙의 아파트까지 들어올 수 있었는지 따질 겨를도 없었다. 그레앙은 크게 화를 냈다. 내가 아들과 함께 가기로 했다가 취소된 휴가 이야기를 했지만 소용없었다. 나는 노라를 불러 당장 고랑을 차로 데려다 주고 내가 갈 때까지 함께 있으라고 지시했다.

내가 이번 사건을 철저하게 조사하겠노라고 다짐하며 그레앙을 진정시킨 뒤에야 우리, 그러니까 노라와 고랑 그리고 나는 그 집을 나섰다.

한동안 우리는 아무 말 없이 멜라니와 그 아버지를 실은 앰뷸런스를 따라갔다. 갈림길에 이르자 우리 차는 다른 길을 택했다. 나는 속으로 어린 아가씨에게 내일 보자고 인사했다. 그 아이를 이 지경에 이르게 한 것에 대한 내 짐작이 맞다면, 그 아이는 더 이상 파리에 있을 수 없을 것이다.

차 안에서 마침내 노라가 침묵을 깨려고 시도했지만 허사였다. 나는 고랑에게 화가 나 있지 않았지만 고랑은 돌아가는 내내 입을 열지 않았다. 꼭 정신이 다른 데 팔려 있는 것 같았다. 나는 직업상 어쩔 수 없이 보게 되는 추잡한 세계로부터 내 아들을 지키기 위해 노력해 왔다. 그런데 내 아들이 침대 위에 시체처럼 널브러져 있는 창백한 여자아이를 목격한 것이다. 나는 그 일이 무척 걱정되었다. 나는 멜라니는 죽은 것이 아니며 곧 코마에서 깨어나게 될 것이라고 말하며 고랑을 안심시키려 했지만 고랑은 듣고 있지 않은 것 같았다.

몇 분 뒤 나는 여전히 충격 속에 있는 고랑을 집에 혼자 두고 노라와 함께 수사본부로 향했다. 고랑은 강한 아이니까 충격을 이겨

낼 거라고 노라가 위로의 말을 건넸다. 분명 내 아들은 강한 아이다. 제 어미가 떠나고 난 뒤에도 녀석은 결코 흔들리거나 어리석은 짓 따위는 하지 않았으니까……. 한동안은 힘들겠지만 내가 알고 있는 열다섯 살짜리 비행 청소년들에 비하면 아무것도 아니다. 내 편에서도 정신없이 바쁜 일에도 불구하고 가능한 한 아들과 함께 지내려고 노력하고 있다. 그러나 두 팔에는 멜라니 그레앙, 등에는 그 아버지를 지고 있는 것과 같은 지금 상황에서는 언제쯤 아들과 함께 시간을 보낼 수 있을지 기약할 수 없다.

다음 일정을 기다리는 동안 나는 잠시 사무실에서 혼자만의 시간을 가질 수 있었다. 노라는 찾을 수 있는 모든 자료들을 찾아 자세히 정리해 놓은 뒤 집으로 돌아갔다. 분명한 사실 한 가지. 멜라니를 코마로 몰아넣은 것이 펄프X나 스릴 같은 약물은 아니라는 것이다. 펄프X나 스릴은 극단적인 환각 상태를 제공하긴 하지만 완전한 암흑이라고 할 수 있는 코마에 이르게 하지는 않는다. 내 생각이 옳다면 이건 다른 약물임에 틀림없다. 몇 주 전부터 이 새로운 약물이 입에 오르내리기 시작했다. 거물의 딸까지 연관된 이상 새로운 약물은 이제 곧 경찰이 최우선적으로 해결해야 할 과제가 될 것이 분명하다.

노라가 찾은 바에 따르면 비슷한 사건이 이미 12건이 넘었다. 공식적인 통계로만. 그러니 실제로는 더 있을 것이다. 일단 검사실에서 보내올 결과를 기다려 봐야겠다.

이미 시간이 늦었다. 피로와 함께 왠지 모를 우울이 밀려온다. 집에 혼자 있을 고랑이 떠오른다. 벌써 잠자리에 들었을까? 아니면 TV채널을 돌리며 심심함을 달래고 있을까?

오늘 밤에는 더 이상 고민하지 말고 집에 가야겠다.

밖에는 건물들이 수천 개의 불빛으로 빛나고 있다. 도시의 사람들은 아무 상관없다는 듯 분주히 움직이고 즐기며 각자의 삶을 살아가고 있다.

내일은 잠자는 숲 속의 미녀를 인공 수면에서 깨울 방법을 찾아봐야 한다. 안타깝게도 멋진 왕자의 키스만으로는 부족할 것 같다…….

3

고랑▽ 4월 10일

파리에서 나 혼자 휴가를 보내는 것은 처음이다. 아빠는 가끔씩 얼굴을 비치긴 하지만 그레앙 사건에 온 정신이 쏠려 있다. 자정 전에는 거의 들어오지 않고 아침에도 내가 깨기 전에 나간다. 낮 동안에는 빈 쏭 부인이 와서 집안일을 해 주거나 식사를 준비해 준다. 나는 빈 쏭 부인을 좋아하지만 지금은 혼자 있고 싶다. 빈 쏭 부인은 저녁에는 우리 집 아래에 있는 작은 식당에서 일을 하는데 삼 년 전부터 우리 집 일을 도와주고 있다. 엄마가 떠나고 우리가 중국인 동네 한가운데 있는 고블렝 거리에 자리를 잡은 뒤의 일이다.

방금 빈 쏭 부인이 올려 보낸 하카오*를 먹어치웠다. 귀찮아서 데우지도 않고 먹었는데 맛있었다. 지난 사흘 동안 어떤 일에도 마음이 내키지 않았다. 하루 종일 뒹굴면서 어떻게 시간을 보낼까 생각하며 허송세월했다. 햇빛도, 비도, 나에게 말을 거는 사람들마저도 모두 다 너무나 멀고 낯설게 느껴졌다. 아빠는 나 혼자라도 디나르에 갈 것을 고집했지만 그러고 싶지 않았다. 왠지 한없이 찬란한 바다를 마주할 자신이 없었다. 멜을 본 뒤부터 줄곧 가슴속 한가운데 끝 모를 나락 속으로 추락하는 듯한 느낌이었다.

너무나 창백하던 그 얼굴이 머릿속에서 지워지지 않는다. 불빛 아래 길게 늘어져 있던 그녀의 몸을 바라보던 그 몇 초. 마치 영원처럼 느껴지던 그 몇 초 동안의 시간이 나를 괴롭힌다. 꼭 열이 날 때의 느낌이다. 알 수 없는 병이 내 몸을 무겁게 짓누르는 것 같다. 뼈마디마다 통증이 느껴지고 날카로운 칼이 온몸을 찌르는 것 같다. 이게 바로 사랑일까? 세상 사람 모두가 이야기하는, 내가 너무나 알고 싶어했던 바로 그 감정? 그렇지만 사랑은 좋은 느낌일 거라 생각했는데…….

오늘도 나는 텔레비전만 시청했다. 시청했다는 말도 거창하다. 사실 화면이 나오는 벽 맞은편에 놓인 소파에 파묻혀서 엄지손가락으로 끊임없이 리모컨을 눌러 댔을 뿐이다. 그 어떤 것도 내 흥미를 끌 만한 것이 없었다. TV 광고에 나온 엄마를 보았을 때도

* 새우가 들어간 중국식 만두.

그저 심드렁했을 뿐이다. 엄마의 새 헤어스타일은 별로였다. 새로 고친 코도 마음에 들지 않았다. 눈 색깔을 파랗게 한 것도 엄마와는 하나도 어울리지 않는다. 엄마의 가족 모두가 갈색 눈인데 그게 뭐 어떻다고 저렇게 했을까? 예전 모습이 훨씬 낫다. TV 스타가 아니라 그저 우리 엄마였을 때 말이다.

습관대로 나는 잠시 동안 RIP* TV 채널에서 방영하는 죽은 사람들의 영상을 못 박힌 듯 바라보았다. 이 채널은 너무나 형편없어서 오히려 멋지게 여겨질 정도였다. 어째서 사람들은 돈을 내고 죽은 사람들의 모습을 보는 걸까? 그들이 살아 있을 때 찍은 사진들, 그들의 결혼식, 세례식, 금혼식 같은 것들 말이다. 종종 죽은 사람들이 좋아하던 노래가 배경 음악으로 깔리기도 하고 또 그들이 좋아하던 시를 자식들 중 한 사람이 낭독하기도 했다. 프로그램의 압권은 고인의 매장 장면을 생중계하거나 'Life Goes On'**이라는 토크쇼 코너에 출연한 가족들이 떠나간 사람에 대해 이야기를 나누는 것이다. 프로그램 중간에 나오는 광고에는 늘 다음과 같은 문구가 삽입된다. 'Rest In Peace TV와 멋진 장례식을 치르세요.' 이 거지 같은 채널이 전체 275개의 채널들 중 시청률이 가장 높은 채널 가운데 하나라니!

그래도 내가 가장 좋아하는 채널인 유로 라이브에는 한참 못 미

---

* Rest In Peace는 편안히 눈을 감다, 영면하다라는 뜻이다.

** 삶은 계속 된다라는 뜻이다.

치는 시청률이다. 오늘 저녁에도 나는 한 시간이나 유로 라이브에 채널을 고정시켰다. 유럽의 대도시 곳곳에 설치된 감시카메라들이 생중계로 전송하는 장면들을 보는 건 정말 재미있다. 무엇보다 흥미진진한 사실은 언제나 무슨 일이 일어나고 있다는 것이다.

한번은 이탈리아의 밀라노 시 외곽에서 갑자기 자동차 한 대가 차선을 이탈했다. 그러자 순식간에 열 대도 넘는 자동차들이 서로 충돌해 연기에 휩싸이고 깨진 유리 파편들은 사방으로 흩어졌다. 소파에 누워 있던 나는 그 장면을 보고 벌떡 일어났다. 심장이 마구 뛰었다. 그 순간 이탈리아에서 벌어지고 있는 상황을 실시간으로 지켜보는 일은 내 자신이 현장에 있는 듯한 느낌을 가져다주었다.

오늘 저녁에는 갈등이 고조되고 있는 뮌헨의 한 지역이 방송되었다. 한동안 그곳에 아무 일도 일어나지 않자 중계방송의 아나운서는 이제 막 무장 강도 사건이 벌어지고 있는 마르세유로 가 보자고 말했다. 잠시 뒤 카메라는 뮌헨을 떠나 복면을 한 세 명의 괴한이 총을 들고 계산대를 위협하고 있는 슈퍼마켓 내부를 비추었다. 곧바로 헬기 카메라는 현장을 둘러싸고 있는 경찰들을 보여주었다. 웬만한 영화보다 훨씬 나았다. 실제 상황인 데다가 지금 이 순간 벌어지고 있는 일이기 때문이다. 이십여 분 뒤, 광고가 끝나자 경찰은 현장을 습격했다. 두 명의 강도는 현장에서 사살되고 세 번째는 체포되었다. 중계를 하던 아나운서는 너무나 흥분한 나머지, 진압에 나선 특수경찰 대원들이 무더기로 총을 쏘아 대기 시작할 때는 거의 비명을 질러 댔다. 하긴 그래 봤자 나한테는 옛날 시트콤 한 편을 보는 거나 똑같은 일이다. 나는 다시 한 번 채널들을 훑다가 깜짝 놀라 자리에서 일어섰다. 화면에서는 막심 그레앙이 한창 선거 연설을 하고 있는 중이었다.

그 뒤에 배경으로 걸린 유럽연합의 국기와 프랑스 국기 위로 집단적으로 약물을 복용하는 비행 청소년들과 울부짖는 그들의 부모들, 병원에 수용된 십대들과 시체 안치소에 있는 주검들이 중첩되어 비춰졌다. 막심 그레앙은 마치 명배우를 연상시키는 모습으로 연설을 계속했다.

"……매일매일 또다른 젊은이들이 유혹에 굴복하고 맙니다. 지난 이십오 년 동안의 정치 선동과 무능과 방치가 낳은 결과입니다. 지금까지 나라를 이끌었던 여러 지도자들이 부끄럽게도 수수방관했기 때문에 오늘날 우리가 이런 대가를 치러야 하는 겁니다. 이번에야말로 뿌리를 뽑을 때입니다. 믿을 수 있는 사람이 이끄는 강력한 정부가 필요합니다! 지금 마약 거래상들은 우리, 아니 여러분 집의 문을 두드리고 있습니다. 매일매일 새로운 마약이 탄생합니다. 더욱 유혹적이고 더 강력하며 더 위험하고 더욱 치명적인 약물들입니다. 남의 얘기라고 생각하지 마십시오. 이번에는 여러

분 자녀의 차례입니다……"

그의 연설을 듣자 침대 위에 의식을 잃고 누워 있던 멜의 아름다운 모습이 떠올랐다. 그때 갑자기 전화벨이 울렸다. 리모컨으로 전화 모드를 선택하자 그레앙이 연설을 하고 있는 화면 한쪽 구석에 페리의 모습을 담은 작은 화면이 떴다. 내가 통화를 수락하자 한껏 웃고 있는 내 친구의 모습이 온 화면을 가득 채웠다.

"오호, 집에서 뭐 하고 있는 거냐?"

"결국 브르타뉴에는 못 가게 되었어."

"알아. 거기로 전화했더니 네 할아버지가 그러시더라. 무슨 일이 생긴 거야?"

"아빠 일 때문이야."

"그래, 파리에 혼자 남아 있으면서 나한테 전화 한 통 안 했다 이거지?"

"응……. 그러니까…… 생각할 게 좀 있어서."

"뭔데?"

"별거 아니야. 그냥 좀 혼자 있고 싶었어."

"좋아! 내가 방해가 됐다면 그렇다고 말해."

"아니야……. 오히려 네가 전화해 주니까 기뻐."

"주말에 만날까?"

"음…… 그래! 안 될 게 뭐 있어."

갑자기 나는 페리가 너무나 보고 싶어졌다. 페리를 만나서 멜에 대해 이야기하고 싶어졌다. 친구는 그러라고 있는 거니까. 무엇보다 페리는 내가 제일 좋아하는 친구니까.

4
세르주▽ 4월 11일

나는 틀어박혀 있다. 말 그대로이다. 베를린의 한 호텔 방에 들어앉아 고랑과 나누었던 대화를 되새기고 있는 중이다. 내가 좀더 노련하게 대처해야 했는데…… 잘 모르겠다. 지금은 내가 책임질 일이 너무나 많다.

나는 오늘 정오에 베를린에 도착했다. 기차를 타고 세 시간 걸렸다. 그 시간 동안 겨우 노라와 상황을 정리할 수 있었다. 독일쪽 요원들이 오늘 아침에 우리에게 연락을 취해 왔다. 그들이 불법 침입 사건을 수사했는데 주동자 가운데 20대 젊은이 여섯 명이 코마 상태에 빠졌다는 것이다…….

당연히 노라와 나는 즉시 현장으로 향했다. 이번에도 새로운 약물과 관련된 사건이다. 한 번에 여섯 명이 희생되었다. 인터 페더럴 특급열차가 독일 수도의 서쪽 외곽에 위치한 거대한 국제 역인 신 안할터 반호프 역에 도착했을 때, 우리는 독일의 동료들에게 물을 질문들을 생각하고 있었다.

우리를 맞이한 것은 독일 마약 퇴치 본부장이었다. 거대한 몸집에 유쾌한 얼굴을 한 그는 마치 오래된 친구를 맞이하는 것처럼 우리를 반겨 주었다. 사실 나는 예전에 그와 함께 일한 적이 있다. 생각만 해도 끔찍한 워스타이너 사건 때였다. 개인적으로 정말 잊고 싶은 사건이다.

신 베를린의 한가운데 위치한 호텔에 들른 후, 우리는 곧바로 중앙수사본부로 향했다. 사건 현장에서 찾은 주사기와 잡동사니들을 볼 수 있었다. 수거된 물건들 가운데 새롭달 만한 것은 하나도 없었다. 희생자들, 네 명의 남자와 두 명의 여자는 자잘한 밀거래로 살아가는 자들이었다. 독일 쪽 수사대가 알아낸 거라곤 며칠 전 이들이 크게 한탕 했다는 것뿐이다. 그렇게 벌어들인 돈은 곧바로 다 써 버렸다. 물론 그들을 환각의 세계로 안내할 편도 차표를 사기 위해서 말이다.

"이들이 쓴 돈으로 볼 때 물건이 꽤 비싼 것 같네요."

노라가 나에게 말했다.

한쪽 구석에서 독일 경찰들이 자기들끼리 한창 대화 중이었다. 우리가 이해하지 못하는 듯하자 그들은 곧 영어로 바꿔 말했다.

"이런 종류의 거래를 벌인 게 이번이 처음은 아닙니다. 사실 얼마 전부터 경찰 범죄 담당국과 함께 이들을 예의주시해 오고 있었지요."

덩치 큰 본부장이 사람 좋은 미소를 지어 보이며 우리에게 설명해 주었다.

강도, 불법 침입, 법망을 교묘히 피한 사이버 절도 등으로 이들은 쉽게 큰돈을 만들 수 있었고 그 돈은 곧바로 탕진되었다.

"최근에는 이들의 범죄가 더욱 잦아졌습니다."

독일 수사본부장이 계속 말했다.

"돈이 부족했겠지요. 점점 더 많은 돈이 필요했을 겁니다."

내가 말했다.

이 정도면 고전적인 마약 사건이라고 할 수 있다. 복용자들이 점점 더 약물에 의존할 수밖에 없게 되는……. 유일하게 다른 점이라면 약물을 복용한 자들이 코마 상태에 빠진 것이다. 희생자들은 모두 똑같은 징후를 보이고 있다. 산소와 영양분을 제공받으면 생명에는 아무런 지장이 없다. 다만 뇌파를 나타내는 선은 절망적인 직선을 그리고 있다. 몸은 여기 이곳에 있지만 정신은 그 어디로 사라지고 만 것이다.

나머지 시간을 우리는 그동안 취합한 단서들을 검토하는 데 보냈지만 별다른 성과는 없었다. 독일 쪽 요원들이 마약거래단과 선이 닿는 장물아비들을 접촉해 보겠다고 약속을 했다. 그러고는 우리의 등을 떠밀다시피 하여 식당으로 데리고 갔다.

우리는 도심에 있는 유리와 강철로 만든 거대한 건물의 일층에 자리 잡은 술집에서 저녁을 들었다. 맥주가 정말 맛있었지만 내 마음은 다른 곳에 가 있었다. 어서 호텔로 돌아가 아들에게 전화해야 한다는 생각뿐이었다.

저녁 늦게야 그 일을 할 수 있었다. 노라는 저녁 식사를 마치고 곧바로 파리로 돌아갔다. 그곳에서 할 일이 있기 때문이다. 이곳 베를린에서 얻은 정보를 파리에서 얻은 자료들과 대조해 보아야 한다. 사건에 대한 수사는 겨우 시작 단계일 뿐인데 노라는 벌써부터 힘들어한다. 지쳐 있는 게 눈에 보인다. 한 이삼 일 숨을 돌릴 수 있게 해 줘야 할 것 같다.

어쨌든 조금 전 나는 내 방에 있는 화상전화를 이용해서 집에 전화를 걸었다.

"고랑? 아빠다. 괜찮니?"

"넵……."

사실 전혀 괜찮아 보이지 않았지만 나는 뭐라고 잔소리하기 싫었다.

"빈 쏭 부인이 왔었니?"

"걱정도 참……. 넵."

"되도록이면 서둘러 돌아가마. 하지만 여기 사정이……"

"네, 네, 안다고요. 노라가 이야기해 주었어요."

고마운 노라. 부탁하지도 않았는데 돌아가자마자 고랑을 챙겨 주다니.

"이봐, 아들, 내 생각에는…… 엄마한테 가서 며칠 지내는 게 좋지 않을까?"

고랑이 어떻게 대답할지 뻔히 알고 있다. 그렇다고 이야기하지 않을 수 없었다.

"말도 안 돼요."

"고랑……"

"아빠, 농담 그만하세요! 우선, 엄마는 무척 바쁘다고요! …… 그리고 난 스톡홀름이라면 구역질 나요."

"그렇게 생각하지 마라. 엄마한테 네가 얼마나 소중한지 잘 알고 있지 않니……."

사실대로 말하자면 내 생각은 그 반대였다. 게다가 판사 역시 나와 같은 의견이었다. 그렇지 않고서야 어째서 보잘것없는 내 봉급에도 불구하고 아들의 양육권을 나에게 주었겠는가. 전처인 카트리나는 전혀 아쉬워하지 않았다. 그녀에게는 고랑을 돌보는 것보다 우선인 게 있으니까. 자신의 커리어. 그녀에겐 세상 무엇보다 그게 가장 중요하다.

나는 말을 계속했다.

"하지만 페드로는 좋은 사람이잖니……."

페드로가 좋은 사람이라고? 정말이지 때론 차라리 입을 다무는 게 더 좋으련만…….

5

고랑▽ 4월 11일

어째서 부모들은 우리를 늘 바보 취급하는 걸까? 도대체 아빠는 무슨 생각을 하는 걸까? 내가 내 앞가림도 못할 거라고 생각하나? 내가 어린애라서, 무조건 엄마는 나를 사랑한다고 말하며 위로해 줘야 한다고 생각하는 걸까? 천만에. 나는 진실을 아는 쪽이 더 편하다. 페드로는 좋은 사람이 아니다. 그 사람은 멍청하고 잰체하고 천박한 데다 이기적이다. 게다가 그 남자 때문에 엄마는 우리를 버렸다. 엄마는 이 광고 제작자와 그가 가진 돈, 스톡홀름 한가운데 있는 거대한 수영장이 딸린 아파트와 대형차, 은밀한 파티, 그리고 무엇보다 엄마를 TV 스타의 지위에 오르게 해 주겠다는 제안과 동시에 유럽에서 가장 비싼 성형외과 의사의 수술을 받게 해 주겠다는 유혹에 넘어갔다. 이게 내가 아빠한테 하고 싶은 말이다.

지금까지는 조용히 속으로 화를 삭여 왔지만 호텔 방에서 혼자 화상전화를 바라보며 저런 괴상한 표정을 짓는 아빠를 보니 나도 참을 만큼 참았다는 생각이 든다. 아빠의 뒤로는 영화의 배경으로 자주 등장하는 베를린의 마천루가 보였다. 특히 '유러피안 콜라'의 병 모양을 한 베를린 타워가 눈에 띄었다. 내가 마지막으로 베를린 타워를 본 것은 유로헐리우드에서 만든 또 하나의 쓰레기 영화 「베를린 침공」의 마지막 장면, 폭발 신에서였다. 레오나르도 디카프리오 주니어가 유럽 연방의 대통령 역으로 나와 전투요격기를 직접 조종해서 자유 세계를 구한다는 내용의 참으로 한심한 영화다.

"고랑!"

아빠가 불렀다.

"왜요!"

"괜찮은 거니? 왜 아무 말도 없니?"

"주말에 페리가 우리 집에서 지내도 되지요?"

"페리? 그럼, 물론이지."

"아빠는 언제 와요?"

"월요일 저녁에."

아빠가 대답했다.

"알았어요."

잠시 침묵이 흘렀다.

"보고 싶구나. 알지?"

아빠가 말했다.

"저도 그래요."

"내일 또 전화하마."

"알았어요. 페리 부모님한테 연락하는 거 잊지 마세요."

"지금 바로 하마."

통화가 끊겼다. 갑자기 외로워졌다. 호텔 방에 혼자 있는 아빠도 마찬가지일 거란 생각이 들었다. 어쨌든 엄마와 그 무식한 페드로에 대해서 아무 말도 하지 않은 내 자신이 만족스러웠다. 아빠는 충분히 걱정거리가 많다.

6

고랑▽4월 13일

평소 페리와 주말을 보낼 때면, 우리 집에서든 페리네 집에서든 우리는 집 밖으로 한 발짝도 나가지 않고 집에만 틀어박혀 있는다. 하지만 이번 일요일 아침에는 왠지 좀 걷고 싶다는 생각이 들었다.

토요일에는 빈 쏭 부인이 보낸 음식으로 배를 채우고, 영화 보고, 음악 듣고, 새로 나온 가상현실 헬멧 게임인 ICPro에서 내가 페리를 박살내 주었다. 이 게임기는 엄마와 페드로가 크리스마스 때 보내 준 것이다(때로는 돈 많은 놈팽이와 바람난 엄마도 소용이 있군!). 그래서 신선한 공기가 필요했다. 무엇보다 내 신경세포들을 가득 채운 단 한 가지, 그것에 대해 말할 기회를 만들고 싶었다.

일요일에는 파리에 차가 다니지 않는다. 공해 경보 시즌이 다가옴에 따라 그 대비책으로 인공 바람이 거리에 상쾌한 공기를 불어넣고 있었다. 인공 바람을 만드는 환풍기 날개 소리가 자동차 소리를 유쾌하게 대신했고 하늘은 파란색이었다. 날은 더웠고 나는 푸른 풀밭이 그리워 발걸음을 뤽상부르 공원 쪽으로 돌렸다. 정찰대가 포르-루아얄 거리에서 우리를 멈춰 세우고 신원을 확인했다. 정찰대는 전부 젊은 아가씨들이었는데 우리에게 제3구역에 들어갈 수 있는 허가증을 주었다. 정찰대 아가씨들이 활짝 웃으며 우리에게 즐거운 시간을 보내라고 이야기했고 페리는 부끄러워서 머리카락 끝까지 빨개졌다. 우리가 다시 걷기 시작했을 때 페리가 전날부터 내가 너무나 기다리던 질문을 했다.

"너네 아빠는 지금 무슨 사건을 맡고 계시니?"

페리는 늘 아빠의 일에 관심이 많다. 우리 아빠가 경찰, 그것도 특수수사대 소속이라는 사실에 매료된 게 분명했다. 마침내 멜에 대해 얘기할 기회가 온 것이다.

"아빠가 코마에 빠진 여자아이를 발견했어. 약물 남용 때문이지. 하지만 죽지는 않았어. 이상한 경우지."

페리는 이상한 표정을 지었다. 꼭 충격을 받은 것 같다고나 할까.

"새로운 마약과 관련 있는 것 같아."

나는 계속해서 말했다.

"그런 이야기 하는 것 들은 적 없니?"

페리의 형인 이아니스는 언론 학교 3학년에 재학 중이다. 이아니스는 새로운 청소년 비행과 마약 밀거래 망에 대한 논문을 준비 중이다. 나는 여러 차례 페리에게 형을 아빠에게 소개시켜 주면 아마 연구를 하는 데 도움이 될 거라고 말했지만 페리는 언제나 거절했다. 형 혼자서 스스로 해 나가야 훌륭한 기자가 될 수 있다고 말하면서 말이다.

"코마 상태라고!"

페리가 되뇌었다. 이상한 목소리였다.

"그래. 내가 봤어. 누운 채였는데 꼭 죽은 것처럼 창백했지. 이름이 멜이야. 원래는 멜라니인데 보통 멜이라고 부른대."

"그리고?"

"그게 다야. 그 여자애가 누군지는 말해 줄 수 없어. 일급비밀이야."

"장난 그만둬! 도대체 누군데?"

"멜라니 그레앙이라고, 누구의 딸이냐 하면……"

"막심 그레앙?"

"응. 그래서 사태가 엄청 심각한 거지. 적색 경보가 유럽 전 수사대에 내려졌어."

페리는 눈썹을 찌푸렸다. 우리는 아무 말 없이 뤽상부르 공원의 울타리를 넘어갔다. 벤치에는 고등학교 여학생 세 명이 안전 요원이 공원 반대편에 있는 틈을 타 몰래 담배를 피우고 있었다. 그 앞을 지나가면서 나는 숨을 참았다. 갑자기 아침에 약 먹는 걸 까먹은 게 생각났다. 나는 태어나면서 훗날 성인이 되면 비만, 고혈압, 근시와 같은 질병에 걸릴 가능성이 높다는 진단을 받았고 그때부터 빨갛고 파란 온갖 약들을 날마다 복용해 조절을 하고 있다. 호숫가 근처에는 남자아이들이 무선 조정 비행기를 가지고 놀고 있었고, 그 옆을 공해 때문에 마스크를 한 몇몇 어른들이 조깅을 하며 지나가고 있었다. 벤치에 앉아 조용히 책을 읽고 있는 사람들도 보였다.

페리는 아빠가 수사하고 있는 사건을 들은 뒤부터 생각에 잠겨 있었다. 형인 이아니스가 이미 비슷한 사건들을 이야기해 준 게 틀림없었다. 하지만 형에 대해서라면 페리는 언제나 아주 조심스러웠다. 그러고 보니 페리는 늘 우리 아빠가 하는 일을 알고 싶어 했지만 자기 형의 연구에 대해서는 절대 이야기하는 법이 없었다. 지금까지야 그러건 말건 상관없었지만 멜이 내 인생에 들어온 이상 사정이 달라졌다…….

7

세르주▽ 4월 14일

적어도 하루 저녁은 아들과 함께 지낼 수 있었다.

오늘 아침 베를린에서 돌아와 사무실에 도착한 뒤 나는 곧바로 아들에게 전화를 걸었다. 돌아오는 기차 안에서 연락할 수도 있었지만 시끄러운 기차 안에서는 전화를 하고 싶지 않았다. 어쨌든 나는 고랑에게 노라와 함께 외식을 하자고 제안했다.

하루의 일과는 무리 없이 진행되었다. 사무실에서 지금까지 모은 사건 자료들을 분석했는데 아쉽게도 금방 끝낼 수 있었다. 겨우 20개 정도의 유사한 코마 케이스가 있었고, 그 밖에 의심이 가는 죽음이 두세 개 있었는데 이번 사건과 관련된 것인지를 알기 위해서는 우선 검사 결과를 기다려야 한다.

어쨌든 영향력 있는 정치인의 딸이 약물복용 사건에 휘말린 이상 우리 수사가 새롭게 힘을 받을지도 모른다는 기대가 생긴다. 이번에야말로 신종 마약이 완전히 퍼져 손을 쓸 수 없게 된 다음이 아니라 아예 싹이 트기 전에 뿌리 뽑을 수 있을지도 모른다.

지금까지 수집한 단서들이 너무 보잘것없어 울상인 나에게 노라가 의미심장한 눈빛을 던지며 말을 꺼냈다.

"세르주."

"왜?"

나는 고개를 들어 그녀를 쳐다보았다. 호기심 많은 크고 검은 두 눈이 두려운 듯 내 얼굴을 훑어보고 있었다.

"아시겠지만 지금까지 상황을 보자면……"

"보자면……."

"한 가지 해결책이 있긴 한데……"

"무슨 해결책?"

"단서를 더 찾기 위해서는, 세르주……."

노라는 내키지 않는다는 듯이 내뱉었다.

나는 노라가 무슨 말을 하려는지 알 수 있었다. 동시에 내 머릿속에선 워스타이너 사건의 유령이 곧바로 고개를 들었다.

"계속해."

나는 정확히 그 반대를 의미하는 말투로 대꾸했다.

노라는 고개를 떨어뜨리고 주저하며 말했다.

"실비아……."

결국 나왔다. 나는 폭발할 것 같은 마음을 가까스로 누르며 건조한 목소리로 말했다.

"안 돼. 이 사건에 그녀는 필요 없어. 더 이상 그녀에 대해 말하는 걸 듣고 싶지 않군. 알아들었지?"

나는 몇 마디 독한 말을 덧붙이고 싶었지만 그 전에 노라는 내 뜻을 알아차렸다. 그녀는 아무 말 없이 자신의 컴퓨터 자판만 쳐다보았다. 우리는 마치 두 명의 얼간이처럼 한동안 아무 말 없이 그대로 앉아 있었다. 둘 다 입을 열 엄두가 나지 않았기 때문이다.

저녁이 되자 노라는 낮의 일을 다 잊어버린 것처럼 보였다. 하지만 나는 동료의 제안에 그렇게 못되게 반응한 것이 내내 마음에 걸렸다.

나는 노라와 고랑을 그들이 제일 좋아하는 회전초밥집에 데리고 갔다. 초밥집은 우리 집 아래편 거리의 모퉁이에 있었다. 고랑은 나와 노라 사이에 앉아 이러저런 것들에 대해 이야기를 했다. 고랑은 처음에는 다소 긴장한 것처럼 보였지만 노라 덕분에 시간이 지나면서 풀렸다. 나보다 열두어 살은 더 젊은 노라여서 그런지 고랑을 더 잘 이해하는 것 같았다. 누가 보면 영락없이 누나와 남동생이라고 할 법했다.

우리 셋의 코 밑을 지나가는 회전벨트 위에는 바나나 초밥과 소금에 절인 쇠고기 초밥이 날 생선으로 만든 전통적인 초밥들 틈에 자리를 비집고 들어앉아 우리를 유혹했다. 우리는 기술적으로 접시들을 쌓아 올리며 열심히 먹었다. 한 접시당 얼마로 계산하는 초밥을 이렇게 배불리 먹다니 다음 달 날아올 카드청구서가 걱정되었다. 하지만 이번 사건이 터지고 나서 처음으로 아들과 함께 하는 식사이니만큼 너무 많이 먹는다고 트집 잡고 싶지는 않았다.

저녁 시간은 너무나 빨리 갔다. 식당 밖으로 나오자 고랑과 노라는 좀 더 즐기고 싶은 눈치였다. 나는 너무나 피곤했지만 고랑과 노라가 무슨 말을 할지 알고 있었다. 고블렝 거리를 따라 몇 걸음 내려가면 얼마 전 문을 연 가상현실 오락실이 있었다. 가상현실 게임만큼 인기 있는 게 또 있을까. 노라는 물론이고 고랑 역시 그곳에 발을 들여놓고 싶어 안달이었다. 다만 미성년자는 성인과 동반하지 않으면 들어갈 수 없었다.

나는 일단 반대했지만 그리 오래 버티지는 못했다. 같이 하자는 제안을 내가 거절하자 그들은 지나가는 말로라도 아쉬워하지 않았다. 나는 가상현실과 같은 트릭이 싫었다. 잠시나마 현실에서 도피하고자 돈을 낸다는 생각이 탐탁지 않았다.

노라와 고랑에게 딱 한 시간만 할 거란 약속을 받아 내고 나는 혼자서 집으로 돌아왔다. 오는 길에 노라의 입에서 나왔던 이름을 떠올리지 않기 위해 애썼다. 실비아라…….

밤에 잠을 이룰 수가 없었다.

8

고랑▽4월 21일

학교에 가려고 일찍 일어나던 습관을 잃어버리는 데는 며칠 걸리지 않는 법이다. 이 주간의 방학이 지나가자 내 몸속의 알람시계는 녹슬어 버렸다.

아침 일곱 시 삼십 분에 나는 잠에 취한 채 무의식적으로 부엌으로 향했다.

"기다리고 있었다."

아빠가 마시던 커피에서 눈을 떼며 말했다.

"제가 또 무슨 잘못을 했는데요?"

나는 곧바로 방어적이 되어 대꾸했다.

아빠가 웃었다.

"없지! 그냥 아침 같이 먹으려고 기다린 거야."

왜 그렇게 발끈했는지 내가 참 바보처럼 느껴졌다. 나는 하품을 하고 머리를 긁적이며 아빠의 맞은편에 있는 의자에 털썩 주저앉았다.

"요즘은 서로 얼굴도 자주 못 보는 것 같아서 오늘은 사무실에 한 삼십 분쯤 늦게 나가기로 했다."

아빠가 말했다.

나는 자리에서 일어나지도 않고 팔만 뻗어 냉장고에서 오렌지 주스를 꺼낸 뒤 파란 약과 빨간 약을 한 입에 털어 넣었다.

"저런, 나도 약 먹는 걸 깜빡했구나."

아빠는 벌떡 일어나더니 약상자를 찾으러 찬장으로 향했다.

그 모습을 보고 있자니, 아빠가 스무 살 때부터 복용해 온 각종 약들이 없었다면 아빠는 벌써 죽었을지도 모른다는 생각이 들어 기분이 나빠졌다. 아빠는 DNA 검사에서 마흔 전에 심근경색에 걸릴 확률이 92퍼센트나 되는 걸로 나왔다. 나 역시 이 파란 약과 빨간 약이 없다면 비만에 근시에 고혈압이 되겠지! 얼마 전부터 신생아가 태어나면 4개월 안에 의무적으로 실시하도록 하는 유전자 질병 검색은 멋진 일인 동시에 끔찍한 일이기도 하다. 이것에 반대하는 사람들의 입장도 이해할 만하다. 우리 할아버지가 대표적인데, 약을 복용하는 대신 태아의 DNA를 조작하기 시작하자 할아버지는 반대의 목소리를 더욱 높였다. 예순일곱 살에 몸무게가 115킬로그램이나 나가는 할아버지는 평생 약이라고는 드신 적이 없는 양반으로, 유전자 조작을 옹호하는 사람들을 대놓고 비웃는다.

아빠는 노란색의 약을 남은 커피와 함께 입 안에 털어 넣었다. 오늘 아침에는 나만큼이나 아빠도 잠이 완전히 떨어지지 않은 눈치다. 일 때문에 잠을 잘 못 이룬다는 걸 알고 있다. 나도 마찬가지다. 멜을 본 뒤로는 하루하루가 갈수록 그녀의 이미지가 더 강하게 나를 사로잡아 몽롱한 느낌이다. 밤에 잠자리에 들면, 그녀의 모습을 떠올리는 것만으로도 이후 두 시간 동안은 베개를 끌어안고 몸을 뒤척이게 되는 것이다.

한동안 아빠의 얼굴을 가까이에서 볼 시간이 없었기에 나는 처음으로 아빠가 꽤 늙었다는 걸 깨달았다. 이제는 키도 내가 아빠보다 5센티미터나 더 크니 아빠 역시 마찬가지 생각이 들 거다.

"왜 그런 일을 하세요?"

뜬금없이 내가 물었다.

아빠는 깜짝 놀란 듯이 나를 바라보았다.

"무슨 말이냐?"

"월급도 적은 데다 밤에 잠도 잘 못 자잖아요. 일을 제대로 할 수 있게 지원해 주지도 않는다고 늘 불평이죠, 게다가 항상 눈에 보이지 않는 가상의 적과 싸우는 느낌이라고 말하잖아요. 근데 왜 그 일을 계속 하냔 말이에요."

아빠는 고개를 다시 숙였다. 그러고는 잠시 생각하더니 대답했다.

"누군가는 해야 할 일이잖아. 안 그래?"

"그게 다예요?"

말은 안 했지만 나는 늘 아빠가 자랑스러웠다. 연방 수사 요원 아버지를 갖는 건 쉬운 일이 아니다. 내가 어린애였을 때는 아빠가 영화에 나오는 것처럼 매일 아침 악당들과 싸우러 집을 나서는 영웅이나 정의의 심판자 같았다. 하지만 엄마는 영웅의 그림자에 자리한 보잘것없는 봉급, 쉴 새 없는 이사 그리고 부패한 세상 같은 것에 신물이 났을 것이다.

"더러운 마약이 세상에 자유롭게 돌아다니도록 두 손 놓고 있을 수는 없지 않니!"

아빠가 덧붙였다.

"내가 세상을 더 좋아지게 한다고 말하지는 않겠다. 하지만…… 적어도 세상이 더 나빠지지 않도록은 하고 있지! 또 너를 위한 일이기도 하단다. 미래의 네 아이들을 위한 것이기도 하고."

나는 겨우 용기를 내어 며칠 전부터 너무나 묻고 싶던 질문을 던졌다.

"저기, 그…… 정치인의 딸 사건은 어디까지 진행되었어요?"

"별로 진척이 없다. 사실 완전히 헤매고 있지. 아니다. 그래도 나아가고 있다고 해야겠지. 비록 속도가 매우 느리지만. 비슷한 사건을 몇 개 찾아냈고, 그 소녀를 코마에 빠뜨린 약물이 얼마 전부터 유통되기 시작했다는 것을 알아냈어. 하지만……"

"그 여자애는요? 여자애의 상태는……."

"……늘 코마 상태지."

"병원에 있나요?"

목소리는 내 의지와 달리 떨리고 있었다.

"그래. 브뤼셀에 있는 병원에 있지. 사건 발생 지역에서 일어난 유사한 사건들을 정밀한 의학적 검사 아래 전부 수집하고 있단다. 하지만 그 약물이 어떻게 작용하는지는 알아내지 못했다. 실험실에서는 주사기에서 아무런 단서도 찾아내지 못했다는구나. 겉으로 보기에 정맥에 주입된 그 약물은 인체에 무해한 것으로 나타나거든. 정말 미스터리지……."

여전히 코마 상태이고…… 브뤼셀에 있다니……. 이 주 만에 처음으로 멜에 관한 구체적인 소식을 들었다. 심장이 마구 뛰고, 머리가 지끈거렸다.

세 시간 뒤, 역사 시간에 나는 나이든 주르당 선생님이 하는 말을 전혀 듣지 않고 있었다. 20세기 우주정복에 대해 공부하고 있는 것 같은데 이 주제에 대해서는 나도 이미 속속들이 알고 있다. 그럴 수밖에 없는 것이, 유전자 조작과 그토록 좋아하는 구닥다리 랩 음악 다음으로 우리 할아버지가 즐겨 끄집어내는 이야기이기 때문이다. 할아버지는 우주 공간에 단 한 명의 인간도 보내지 않게 된 지 이제 곧 삼십 년이 다 된다며 화를 가라앉히지 못한다. 젊었을 때 할아버지는 우주선, 태양계 탐사, 실패로 끝난 국제 우주정거장 같은 것에 열광했다. 심지어 할아버지의 아버지는 텔레비전에서 최초로 인간이 달에 발을 내딛는 것을 보았다고 한다. 내가 어렸을 때 할아버지는 이 모든 것에 대해 오랫동안 이야기해 주시곤 했다. 정말 마르지 않는 샘처럼 이야기가 끝이 없었다. 그래서 할아버지에게는 정부가 우주탐사를 중단하고 우주에 대해 철저하게 관심을 접은 것이 인류 전체에 대한 범죄행위에 다름 아니었다. 이제 우주정복은 이집트의 피라미드나 미합중국의 멸망과 같은 한물 간 주제에 불과하다.

점점 멀어지는 역사 선생님의 목소리를 자장가 삼아 나는 멜을 생각했다. 또 아빠가 알려 준 사실들, 그리고 뤽상부르 공원에서 내가 이 문제를 꺼냈을 때 페리가 보여 준 이상한 태도에 대해 생각했다. 그것에 대해서는 이미 여러 차례 생각해 보았는데 페리가 나에게 무언가 숨기고 있는 게 확실했다. 형인 이아니스와 관련된 무엇인가를 말이다. 직감적으로 멜을 코마 상태에 빠뜨린 그 물건에 대해 좀 더 알기 위해서는 이아니스를 찾아가야 한다는 생각이 들었다.

나는 수업이 한창 진행 중인 사이트의 창을 닫고 온라인 검색창에 이아니스 파라슈를 쳤다.

나는 이아니스를 잘 알고 있었다. 페리보다 여덟 살 많은 이아니스는 늘 내게 친절하게 대해 주었다. 이아니스는 무척 재미있는 동시에 늘 무언가를 걱정하는 것처럼 보이기도 했다. 또 놀라운 자신감과 침착성의 소유자였다. 약간 허풍쟁이이기도 했다. 어쨌든 이아니스는 페리를 무척 아끼고 있으니 나한테는 매우 잘 된 일이었다.

검색 결과 일곱 개의 이메일 주소가 떴다. 그 가운데 나는 페리의 것과 도메인이 같은 것을 골랐다.

To: Yanis@europeancola.com.eu

From:go-ret@friserver.eu

Title:정보(info)

이아니스 형

학교 숙제 때문에 코마에 빠지게 하는 신종 마약에 대한 조사를 하고 있어요. 형 전문분야니까 형이 날 도와줄 수 있을 거예요.

페리에겐 아무 말 마요. 페리보다 더 좋은 점수를 받고 싶으니까!

고맙다는 인사 미리 할게요.

-고랑

9
세르주▽ 4월 23일

이따금 좀 더 일찍 잠자리에 들어야겠다는 생각이 든다.

노라는 저녁 일곱 시쯤 돌아갔고 나는 이 빌어먹을 퀴토-우에스트 경찰서에서 쓸데없이 혼자 고심하고 있다. 고랑은 집에 있다. 나는 집에 돌아가 텔레비전 앞에서 시간을 보내느니 차라리 남아서 좀 더 일을 해야겠다고 생각했다. 하지만 이렇게 몸은 컴퓨터 앞에 두고 시선은 라 그랑 데팡스의 거대한 콘크리트 건물들이 이뤄 내는 번쩍이는 마천루 위에 던진 채 시간만 죽이고 있는 것이다.

희생자의 숫자를 제외하면 수사는 계속 제자리걸음이다! 독일에서 돌아온 뒤로 세 개의 사건이 새롭게 추가되었다. 리스본에 있는 더러운 호텔 방에서 발견된 노숙자, 사라예보의 창녀, 그리고 부다페스트의 한 호텔 스위트룸에서 근육이 굳은 채 발견된 인기 그룹 일원이 그 주인공들이다. 특히 인기 그룹의 에이전트는 우리에게 새로운 골칫거리를 안겨 주었다. 이 일을 발설하겠다고 한 것이다. 그렇게 되면 우리에게 좋을 게 하나도 없다. 신문기자들이 들이닥치면, 어쩔 수 없이 지금 조사 중이라는 둥, 아직 잘 모르겠다는 둥 헛소리를 늘어놓아야 하기 때문이다. 기자들이 혹시라도 그레앙의 딸에 대해 눈치채지 않도록 그들이 물고 뜯을 수 있는 뼈다귀를 던져 주어야 하는 것이다. 유명 기타리스트의 에이전트에 대해 알게 되자마자 나는 곧바로 브뤼셀에 전화해서 코마에 빠진 사람들이 수용되어 있는 곳의 보안을 더 강화하라고 말했다.

노라의 말이 옳다. 부정해 보았자 소용없는 일이다. 그래서 더 괴롭다. 자칫 우리가 갈피를 잡지 못하는 가운데 희생자들, 브뤼셀의 병원을 담당하고 있는 동료들이 '식물인간'이라고 부르는 그들의 숫자만 늘어날지도 모른다.

그래, 노라가 제대로 보았다. 방법이 하나 있기는 하다. 지난주부터 계속해서 머릿속을 맴도는 방법. 실비아란 이름을 가진 방법말이다. 실비아 코르소는 뛰어난 과학자로 자기 분야에서는 아마 최고일 것이다. 그녀의 분야란 세상에 떠도는 온갖 중독 약물들,

그중에서도 가장 강력하고 치명적인 약물, 가장 극단적이고 점점 더 확산되어 가는 약물을 연구하는 것이다.

분명 아름답고 똑똑하기 그지없는 실비아 코르소는 이 사건에 대해 그녀만의 생각이 있을 것이다. 누군가 이 새로운 약물이 무엇이며 어디서 생긴 것인지 알고 있다면 그건 아마 그녀일 것임에 틀림없다. 하지만 그녀를 생각하면 기분이 언짢다. 그래서 지금 나에게 뾰족한 수가 없음에도 불구하고 요 전날 노라의 제안을 매몰차게 거절한 것이다. 실비아, 그 광기 어린 여자와 함께 일하다니…… 그건 절대 안 될 일이다. 차라리 죽고 말지! 지난번 실수로 산산조각 난 내 정신과 육체를 다시 추스르는 데 일 년이란 시간을 온전히 보내야 했다.

그 사건 뒤로 노라가 내 파트너가 되었다. 워스타이너 사건을 수사하는 동안, 실비아의 계략 때문에 내 동료 세 명이 죽고 네 번째 동료는 휠체어 신세가 되었다. 워스타이너 그 작자는 내 손으로 시체안치소로 보내 주었지. 실비아는 그날로 종적을 감추었지만 얼마 뒤 러시아 경찰에 의해 체포되었다. 러시아 경찰은 또 다른 사건 때문에 그녀를 찾고 있었는데 그 사건 역시 워스타이너와 연관된 것이었다. 그게 바로 실비아 코르소다. 그녀는 항상 여러 마리의 토끼를 쫓는 여우 같은 여자다.

지금은 음산한 감옥의 어둠 속에서 썩고 있는 신세가 되었지만 나는 그녀가 자신이 저지른 속임수들이 얼마나 끔찍한 것이었는지 되새기며 지내기를 바랄 뿐이다!

하지만 노라의 말이 옳다. 백번 옳고말고. 설령 감옥에서 꺼내주는 일이 생기더라도 오직 실비아만이 나로 하여금 이 수수께끼를 풀도록 도와줄 수 있다. 손쓸 도리 없는 끔찍한 마비 상태로 희생자들을 몰아넣는 이 수수께끼를 말이다.

그래. 러시아 경찰에 연락해야겠다. 어쩔 수 없이 칼리니그라드로 가야 할 운명인가 보다. 감옥으로 찾아가 실비아를 만나서 몇 가지만 물어보고 다시 문명 세계로 돌아오면 그만이다. 어렵지 않지……. 아냐, 안 돼! 절대 안 돼! 결단코 그 악녀를 다시 보지 않기로 했잖아. 그런데 도움을 청하기 위해 감옥으로 찾아가다니. 안 될 말이다. 차라리 죽고 말지.

10

세르주▽4월 26일

올리오노크 쓰리 승객 칸에서 좌석 벨트를 꽉 졸라맨 채, 나는 이를 앙다물고 앞으로 닥칠 일을 기다리고 있다. 누군가 나에게 발트 해 수면 위를 12미터 떠서 시속 400킬로미터로 질주하는 이 괴물 같은 운송수단을 타게 될 거라고 말했다면, 나는 아마 코웃음을 쳤을 거다.

그런데 지금은 전혀 웃을 마음이 없다. 엄청난 파워의 제트엔진이 뿜어내는 굉음과 함께 올리오노크 쓰리는 오른쪽으로 급회전을 했다. 그러자 몇 미터 아래 청회색 거품이 넘실대는 해수면이 보였다.

올리오노크 쓰리는 수륙양용으로 만들어진 위그선*이다. 비행기와 배가 합쳐진 괴물 같은 몸집을 자랑한다. 러시아가 개발한 것으로 카스피 해나 발트 해, 지중해와 같이 내륙 깊숙이 들어와 있거나 갇힌 바다에 접근하는 데 탁월한 쓸모가 있다. 배보다 빠르고 비행기보다 경제적이며, 들판이든 해변이든 고속도로든 어디든지 착륙할 수 있다. 거친 날씨에는 수면 위 12미터 위에 정박할 수도 있다. 정말 대단한 놈임에 틀림없다.

하지만 난 이놈이 싫다.

플라스틱과 가죽이 타는 것 같은 연료 냄새가 고약한 데다 천둥이 치는 것 같은 엔진 소리, 무엇보다 끔찍하게 흔들린다. 하긴 나는 특급 열차의 객실에 있는 게 아니니까. 칼리니그라드 무장 경찰 전용 위그선의 비좁은 의자에 앉아 있는 처지에서 안락함을 바라는 건 무리겠지. 친절한 승무원도, 시원한 음료수와 간식거리도 없다. 있는 거라곤 초록색 유니폼을 입은 두 명의 건장한 남자들이다. 머리를 박박 민 이자들은 발트 해의 잿빛 파도만큼이나 상냥함이라곤 찾기 힘든 얼굴을 하고 있다. 그리고 검은 조개를 연상시키는 의자들은 듬성듬성 비어 있다. 헬멧 착용이 의무가 아니라는 점을 위안으로 삼을 수밖에!

내가 올리오노크를 싫어하는 까닭은 차가운 바다 위를 금지된 속도로 질주하며 요동치기 때문이 아니다. 내가 이놈을 싫어하는

---

* 실제로 구 소비에트 연방에서 쓰이던 수륙양용 위그선의 이름이 올리오노크(Orlyonok)이다.

진짜 이유는 나를 저주받은 섬 카토가로 점점 더 가까이 데려가고 있기 때문이다. 그리고 그 섬에 실비아가 있다.

카토가. 아마 내가 카토가로부터 겨우 몇 미터 떨어진 곳에 있다는 걸 알면 고랑은 분명 엄청나게 흥분할 것이다. 고랑이 꼬맹이였을 때 「카토가의 탈출」이라는 영화를 무척 좋아했다. 억울하게 감금된 영웅이 결국 정의를 집행하기 위해 탈옥한다는 바보 같은 내용이었다. 뭔들 못하겠나! 그렇지만 카토가를 탈출하는 건 불가능하다.

이 끔찍한 성채가 지어진 것은 삼십 년도 족히 전의 일이다. 내가 아는 바로는, 처음에는 가스를 추출하는 플랫폼인가 그랬다. 그 뒤로 한동안 버려졌던 이곳은 보안을 전문으로 하는 러시아 기업에 의해서 재건되었다. 그 뒤 모스크바 당국이 이 건축물을 빌려서 사용했다. 이유는 간단하다. 버려진 가스 추출 플랫폼이 바다 한가운데 자리한 진정한 요새로 탈바꿈한 것이다. 나로서는 불행한 일이지만 수륙양용 위그선을 제외한 모든 접근을 철저하게 막는다는 점에서 감옥으로 쓰기에 더할 나위 없다. 이 인공 섬에 일단 갇히게 되면, 카메라와 로봇은 물론이고 철저하게 무장한 요원들의 서슬 퍼런 감시 아래서 탈출 방법을 찾는다는 건 불가능하다. 유일하게 할 수 있는 일은 죗값을 치르는 일뿐이다.

올리오노크 쓰리가 급회전을 했다. 조종사가 일부러 그런 게 분명하다. 목적지에 거의 다 온 것 같다. 레이더와 안테나를 곧추세운 육중한 감옥의 실루엣이 내가 있는 곳에서도 보인다. 건물은 꼭 바다 위로 몸을 솟구친 무시무시한 괴물처럼 보인다. 그 옆구리를 파도 거품이 쉴 새 없이 핥고 있고, 뒤로는 지옥을 연상시키는 노란 하늘이 배경처럼 펼쳐져 있다.

카토가의 운영을 맡고 있는 것은 죄수의 숫자가 많은 러시아 쪽이다. 그러나 러시아 단독으로 운영하는 것은 아니다. 카토가의 시스템은 너무나 매력적이어서 여러 나라 정부들이 관심을 보였고 마침내 유럽 연방과 러시아 연방 사이에 합의가 이루어졌다. 유럽의 각 나라들은 터무니없는 비용을 내더라도 가장 위험한 존재들, 개선의 여지가 없는 중범죄자들을 이 별 세 개짜리 감옥에 처넣기로 한 것이다. 결국 모두들 이득을 얻은 셈이다. 얻은 게 없는 것은 그 안에 수감된 자들뿐이다. 머릿속은 온통 실비아 생각뿐이다. 그러자 이 무시무시한 감옥도 실비아에게는 충분하지 않게 느껴진다.

위그선이 수평 날개의 터빈 엔진에서 포효하는 듯한 소리를 내며 속도를 늦추기 시작한다. 기체가 아까보다 더 심하게 요동쳐 견디기가 힘들다. 이 괴물이 곧 멈추지 않는다면 먹은 것을 다 토할 것 같다.

이제 불과 십여 미터 아래에 카토가가 서 있다. 그 거대한 그림자 속으로 황혼녘 노랗게 물든 하늘이 잠긴다. 올리오노크 쓰리가 바다 위에 착륙한 뒤 특별히 고안된 콘크리트 데크에 접근한다. 몇 분 뒤면 나도 내릴 것이다. 감옥 쪽에서는 내가 온다는 것을 이미 알고 있다. 그들은 내가 실비아를 만날 수 있도록 모든 준비를 마쳤다고 확인해 주었다. 모든 준비가 끝났다. 나 자신만 빼고.

11

고랑▽4월 26일

드디어 이아니스로부터 답장이 왔다.

To:go-ret@friserver.eu

From: Yanis@europeancola.com.eu

Title: 정보에 대한 답장

고랑

오랜만이야. 네게 줄 정보가 있어. 오늘 5시에

http//:dnt.forum-darknet/U4mel/chat5267.hllv

에서 만나자.

내 닉네임은 페리안.

—이아니스

아빠는 오늘 아침 출장을 떠났다. 어디로 가는지는 모르지만 그 표정을 보아하니 가기 싫은 곳이 분명했다. 페리를 만나 함께 놀았는데 페리의 형과 접촉한 것을 숨기려니 마음이 불편했다. 피를 나눈 형제나 평생의 친구 사이에는 아무것도 감추는 게 없어야 한다. 그런데 내가 잘 모르는, 오직 단 한번 보았을 뿐인 여자아이 때문에 이 맹세를 깨는 것 같았다. 영화를 본 뒤 나는 페리에게 엄마가 파리에 와서 저녁을 먹어야 한다고 말하고 헤어졌다. 그건 거짓말이다. 엄마는 줄곧 파리에 있었고, 전날 저녁에 이미 만났기 때문이다. 거지 같은 저녁이었다. 우리 둘은 더 이상 서로 할 말도 없었다. 나는 엄마의 새로운 모습이 싫다. 새 머리스타일이며 새 일이며, 새 남자 친구까지도 전부. 엄마는 아빠 욕을 하느라 정신없었다. 우리는 서로 화가 나서 헤어졌다. 나는 빈속으로 집에 돌아왔다. 엄마가 그리웠지만 지금처럼 변한 모습의 엄마는 아니다.

페리와 영화관 앞에서 헤어지자마자 나는 약속에 늦을까 봐 달려서 집으로 왔다. 빈 쏭 부인이 집에 있었다. 잠깐 동안 인사를 나누고 나서 네 시 오십구 분에 포럼 사이트에 접속했다. 정확히 다섯 시, 이아니스의 닉네임이 목록에 떴다. 내가 먼저 말을 건넸다.

고랑: 페리안〉 나 왔어.

페리안: 고랑〉 우리 개인 채팅방에서 따로 보자.

고랑: 페리안〉 오케이.

십 초 뒤 우리의 온라인 대화는 아무도 보지 않는 곳에서 실시간으로 진행되었다.

고랑, 뭘 알고 싶은 거니?

혹시 코마에 빠지게 하는 약물에 대해 들어 본 적 있어?

그래. 근데 그게 왜 궁금하지?

말했잖아. 학교 숙제 때문에.

거짓말. 페리가 벌써 다 이야기해 주었어.

좋아. 내 친구의 친구가 코마에 빠졌대. 근데 그게 마약 때문일까?

그럴 수도 있고 아닐 수도 있지. 마약은 마약인데 다른 것들과는 다른 마약이야. 잘 사용한다면 아무런 해가 없는 거지.

이름이 뭔데?

그건 중요하지 않아. 여러 가지로 불리니까. 왜 네 아버지한테 묻지 않고 나에게 묻는 거지?

아빤 그쪽으론 잘 몰라.

그럴 수 있지. 네 아버지의 분야가 아닐 수 있으니까. 엄밀한 의미에서 마약이라고 할 수 없어. 오히려 멋진 세계로 가는 통로라고나 할까.

???

코마에 빠진 사람들은, 사실, 아주 잘 지내고 있어. 그들은 일종의 공동체에서 서로 함께 지내고 있거든. 그곳은 천국과도 같은 곳이지.

무슨 말인지 모르겠어.

설명하기 어려워. 그 약을 복용하면 그들은 어떤 곳에서 모두 만나게 되지. 그리고 그곳에서 실제로 살아가는 거야. 여기보다 훨씬 행복하게 말이야.

그 말은 코마에 빠진 사람들이 잘 지낸다는 거야?

그래. 단지 다른 곳에 있을 뿐이지.

우리도 그곳에 갈 수 있어?

그건 여기서 말하기 곤란해. 정말 알고 싶니?

응.

그럼 낭테르에서 만나자. 대관람차에서 여덟 시 삼십 분에.

그리로 갈게.

빙고! 분명 이아니스는 그 약에 대해 오래전부터 알고 있었던 게 틀림없다. 이아니스는 언제나 한 걸음 앞서서 이것저것 캐고 다닌다. 해킹을 비롯한 각종 수법에도 능통하다. 그는 정말 멋진 인물이지만 동시에 약간 이상하기도 하다. 어떤 이유에서인지 아빠는 페리는 예뻐하지만 이아니스는 탐탁지 않아 한다.

지하철을 타고 낭테르에 도착하자 여덟 시였다. 이곳에 발길을 끊은 지도 어언 이 년이 다 되어 간다. 어릴 때는 부모님과 함께 적어도 한 달에 한 번은 이곳에 왔다. 멋진 곳이다. 사방에 조명이 휘황찬란하고 각종 먹거리를 파는 행상들, 회전목마, 음악, 비디오 게임과 가상현실 체험관…… 유럽의 놀이공원 가운데 가장 큰 이곳은 그야말로 마을 전체가 즐길 거리로 가득하다. 라 그랑 데팡스와 발레리엥 언덕을 잇는 휘황찬란한 전구로 이루어진 별빛길을 삼십 분 동안 산책하는 데 35유로만 내면 된다. 게다가 이곳은 진짜 감자튀김을 먹을 수 있는 유일한 곳이다. 끓는 기름에 감자스틱을 튀겨 먹는 것 말이다. 유럽 건강감시국에서는 감자튀김의 판매를 금지하기 위해 각종 수단을 동원하고 있지만 프랑스 의회는 꿋꿋하게 버텨 내고 있다. 대관람차는 허공으로 200미터는 족히 되게 솟아 있어 어디서든 눈에 잘 띄었다. 그리로 가는 길에 나는 기름과 소금이 범벅되어 입맛을 돋우는 대표적 불량식품인 감자튀김을 한 컵 사서 먹었다. 너무 맛있어서 손가락이 쩌르르 떨릴 정도였다.

이아니스는 정각에 도착했다. 아무 말도 하지 않고 이아니스는 나를 대관람차 안으로 끌고 갔다. 잠시 뒤 우리를 태운 대관람차는 구름 위로 올라갔다. 공원 전체가 다 내려다보였다. 뿐만 아니라 파리와 그 외곽의 불빛들도 한눈에 들어왔다. 대기는 부드러웠고 오후가 끝날 때쯤 내린 소나기 덕분에 공기가 너무나 깨끗해져서 노란 상현달마저 볼 수 있었다. 파리에서는 드문 일이었다. 디나르에 있는 할아버지의 식당 정원에서는 이보다 훨씬 더 선명하게 달을 볼 수 있다. 이따금 춥고 건조한 겨울이면 그곳에서는 몇몇 별들도 볼 수 있었다.

"자, 고랑. 정확히 뭘 찾고 있는 거야?"

이아니스가 물었다.

"정보, 그러니까, 무슨 정보냐 하면……"

"거짓말은 집어치워. 너는 물어볼 사람을 제대로 찾았어. 하지만 계속해서 장난이나 칠 생각이라면 난 빠지겠어."

이아니스는 내 두 눈을 똑바로 쳐다보았다. 나는 무언가를 들킨 사람처럼 온몸이 화끈거렸다.

"거기서 누군가를 만나고 싶은 거야?"

"그게……"

"그건 쉽지. 위험하지도 않고. 어쩌면 네 인생에서 가장 아름다운 경험이 될 수도 있을걸."

"하지만…… 그건 마약이잖아, 그리고……"

"마약에 대해서 네가 알고 있는 것들은 다 잊어버려. 그건 전혀 다른 거니까. 너는 그 '친구의 친구'를 만나고 싶은 거지, 그렇지?"

이아니스의 목소리에 묻어 나오는 미묘한 빈정거림이 별로 마음에 들지 않았다. 하지만 사실이다. 나는 멜을 만나고 싶다. 그 어떤 대가를 치르더라도.

"너는 친구니까 특별히 600유로에 해 줄게. 돈을 마련하면 나한테 연락해. 그러면 내가 천국으로 가는 왕복승차권을 줄 테니까. 하지만 조심해. 우리 거래에 대해서 단 한 마디라도 네 아버지한테 했다간 모든 걸 다 끝장내 버리겠어."

우리를 태운 대관람차가 지상에 도착하자 이아니스는 더 이상 말을 덧붙이지 않고 내렸다. 나는 충격 속에 그 자리에 그대로 남아 있었다. 600유로라니! 어떻게 내가 그런 돈을 마련할 수 있다고 생각하는 걸까?

동시에 나는 멜이 어딘가에서 잘 살아가고 있다는 사실과 이아니스가 내가 그녀를 만나도록 도와줄 수 있다는 사실을 생각했다. 그 큰돈을 지불할 가치가 있는 것일까?

12

세르주▽4월 27일

오늘로서 귀빈실이랍시고 마련된 이 작은 방에서 카토가에서의 두 번째 밤을 맞았다.

어제 저녁, 올리오노크 쓰리에서 내리자마자 나를 맞아 준 것은 이곳의 소장인 카마로프 씨와 그의 호위 분대원들이었다. 이들은 초록색 제복을 입고 원거리 발사 장치를 장착한 거대한 기관총으로 중무장한 상태였다. 몸은 방탄조끼로 빈틈없이 보호하고 머리에는 적외선 감지기가 탑재되어 표적을 인식할 수 있는 특수 헬멧을 쓰고 있었다. 결코 미끄러지거나 하지 않을 것 같은 육중한 군화를 비롯해 더 기막힌 첨단 기기들도 볼 수 있었다. 영화에 나오는 것처럼 멋있었지만 실제인 만큼 위험하기도 했다. 확실히 이 감옥 섬에 있는 자들은 불안하고 분노에 차 있으며 기괴한 데다 불온하고 음탕하며 병적인 자들이 분명했다. 그러니 실비아가 여기 있는 건 우연이 아니다.

강철 벽으로 둘러싸인 무미건조한 긴 복도를 울리는 호위병들의 발자국 소리를 따라 걷다 보니 어느새 여자 간수들이 지키고 있는 철창들에 다다랐다. 여자 간수들 역시 각반과 헬멧을 착용하고 있었다. 호위병들은 우리, 그러니까 카마로프와 나를 여자 간수들에게 인계한 뒤 철창 바깥쪽에 대기했다.

여자 중범죄자들을 수감하는 구역이었다. 바로 여기에 실비아가 있는 것이다. 산책 시간에 감옥의 동료를 살해하자 실비아는 곧바로 이곳에 수감되었다. 그녀가 왜 그랬는지는 내 알 바 아니다.

취조실이 점점 가까워지자—카토가에는 접견실이 따로 없다—등에 식은땀이 흘렀다. 뭔가 짓누르는 듯한 이곳의 분위기 때문에도 그랬지만 곧 있을 대면이 두려웠기 때문이기도 했다. 무엇보다 나는 아직까지 그 끔찍했던 시절을 극복하지 못했다.

갑자기 육중한 문 앞에서 호위가 끝났다. 문을 지키고 있던 무장한 두 명의 여 간수들은 카마로프와 러시아 말로 몇 마디 주고받았다. 카마로프의 손짓에 따라 간수 한 명이 자동문을 작동시켰다. 문은 날카로운 소리를 내며 미끄러지듯 열렸다. 내키지 않았지만 나는 혼자 들어가야 했다. 그러곤 내 뒤로 문이 닫혀 버렸다.

나는 창문이라곤 없고 바닥과 천장과 벽이 온통 흰색으로 칠해진 작은 방에 서 있었다. 방 한가운데 검은색 탁자가 있었는데 다리는 바닥에 고정되어 있었다. 그 앞에 편해 보이는 팔걸이의자가 하나 놓여 있고 맞은편에는 그것보다 불편해 보이는 또다른 팔걸이의자가 있었다. 꼭 죄수들이 앉는 것 같은 그 의자에 누군가 목과 팔다리를 수갑으로 고정시킨 채 몸을 곧추세우고 앉아 있었다. 바로 실비아였다.

의자에 몸이 매인 채 미동도 없이 고개를 떨구고 있는 그 여자가 내가 지난 몇 년간 그토록 사랑하던 사람이라고는 생각할 수 없었다. 머리카락은 잘려 있었다. 그녀가 그토록 자랑스러워하던 길고 검은 머리카락은 이제는 반항적인 죄수의 짧은 곱슬머리가 되어 있었다.

파리를 떠나면서부터 여러 번 연습했던 냉정하고 단호한 말들도 다 잊어버리고, 나는 어찌할 바를 몰라 그저 그녀의 이름을 중얼거릴 뿐이었다.

"실비아?"

그녀가 고개를 들었다. 그녀의 얼굴은 죽은 사람처럼 창백했다. 내가 그녀를 마지막으로 보았을 때는 없던 작은 상처가 그녀의 왼쪽 관자놀이 위에서 볼 한가운데까지 나 있었다. 오른쪽 광대뼈 부근은 파랗게 멍이 들었고 아랫입술에는 피가 맺혀 있었다. 그녀는 방문객을 맞이하기 싫었는지 모른다. 푸른 눈빛으로 오랫동안 나를 바라보았다. 순간 그 눈빛 속에 즐거움이 서리는 듯하더니 이내 커다란 두 눈의 초점이 흐려졌다. 그녀는 다시 고개를 떨구었고 나는 그 자리에 바보처럼 그대로 서 있었다. 그녀는 나와 이야기하기를 거부했다.

친절한 소장의 아파트에서 술을 곁들인 저녁 식사를 한 뒤, 나는 잠을 이룰 수가 없었다. 아마 보드카 때문인 것 같았다. 피로 때문인지도 몰랐다. 그도 아니라면 암흑 속에서 카토가를 삼킬 듯 때려 대는 파도 소리 때문이었을 것이다. 아니, 사실은 다름 아닌 실비아의 눈빛 때문이었다. 어떻게 그녀를 이 지옥에서 썩게 내버려 두었을까 하는 바보 같은 죄책감 때문에.

하지만 그건 다 어제의 일이다. 오늘 잠에서 깨어나자마자 머리가 깨질 것 같은 두통에도 불구하고 나는 다시 실비아를 만나게 해 달라고 요청했다. 그녀에 대해서, 그리고 그녀가 이곳에서 견뎌 내야 하는 것들에 관해서는 여전히 마음이 불편했다. 하지만 내 질문에 대한 대답을 꼭 듣고야 말리라고 다짐했다.

형편없는 커피를 마신 뒤 정해진 절차를 거쳐 나는 다시 한 번 아마조네스*들의 호위를 받으며 여자 중범죄자들이 수감되어 있

* 그리스 신화에 나오는 여성 전사들.

는 곳으로 인도되었다. 취조실에 들어서자마자 나는 하룻밤 사이 상황이 달라졌음을 알아차렸다.

실비아는 여전히 끔직한 의자에 수갑들로 묶여 있었지만 내가 들어서는 순간부터 고개를 들고 나를 바라보았다. 그녀는 변해 있었다. 머리는 여전히 산발이었고 얼굴의 상처와 멍은 그대로였지만 눈빛이 달랐다. 그녀의 녹색 눈은 이번에는 그 어느 때보다 반짝반짝 빛났다. 생생하고, 강렬하고, 두렵고, 매혹적이기까지 했다. 나는 깜짝 놀랄 수밖에 없었다.

"그렇게 땅에 박힌 듯이 서 있을 건가요?"

언제나처럼 열정적인 그러나 조금은 비웃는 듯한 목소리. 이번에는 내가 알던 실비아 바로 그 모습 그대로였다. 그녀가 겪은 시련들에도 불구하고 거의 달라지지 않았다.

나는 바보같이 말을 더듬거리며 맞은편에 놓인 의자에 앉았다.

실비아가 말을 이었다.

"당신을 보니 좋군요, 세르주."

그녀는 같은 톤의 목소리로 한참 동안 내 근황을 물었다. 고랑은 잘 지내는지, 나는 여전히 파리의 그 작은 아파트에 살고 있는지 기타 등등. 나는 이야기의 주도권을 쥘 수가 없었다.

그렇게 족히 삼십 분은 흐르고 난 뒤, 마침내 그녀가 내게 물었다.

"그래, 당신이 여기에 왜 왔는지 이야기해 주겠어요? 당신이 바다를 좋아한다는 건 알고 있지만 그래도 여기까지 오기에는……."

그녀가 그 아름다운 미소와 에메랄드를 닮은 그 간교한 눈으로 대놓고 나를 가지고 놀고 있다는 것을 알 수 있었다.

"당신에게 물어볼 것이 있어."

나는 최대한 냉정하게 말했다.

"농담해요? 혹시 내가 여기서 제대로 대접 받고 있는지, 아니면 나에게 바다가 보이는 방을 내어 주었는지를 알고 싶은 건 아니겠죠?"

나는 흥분하지 않을 수 없었다. 이건 그녀가 예전에도 무척 잘하던 수법이다. 내가 흥분하게 만드는 것. 그녀가 나를 위해 일하던 시절, 아니, 정확하게 말하면 자신의 사악한 계략을 위해 나를 이용하던 시절에 말이다. 그녀는 나를 흥분하게 만들고 매혹당하게 했다. 너무나 아름답고 너무나 생기 넘치며 너무나 위험한 그녀. 나는 어리석은 불나방처럼 즐겁게 날개를 퍼덕거리며 그녀의 불 속으로 뛰어들었다. 그런데 그 일을 여기서 또 반복하게 되다니. 이 취조실에서 지금 질문을 하고 있는 것은 결국 그녀다.

어쨌든 나는 그녀에게 신종 마약이 돌고 있으며 그것 때문에 코마에 빠진 사람들과 그들의 피검사에서 어떤 중독성 물질도 발견되지 않았다는 것을 이야기했다. 이 모든 것을 말하면서 그레앙이란 이름을 입에 올리지 않으려고 매우 조심했다. 그녀는 내 말을 끊고 오후에 다시 이야기하자고 말했다. 나는 화가 나서 소리 지르고 싶었지만 간신히 참았다. 그랬다면 그녀가 더욱 좋아했을 테니까.

나는 그 귀하신 분께서 감방에서 점심을 다 드실 때까지 몇 시간 동안 인내심을 가지고 기다려야 했다. 그에 대한 복수로 나는 형편없는 감방에서 밥을 먹는 그녀를 그려 보았다. 내가 무척 화가 나 있다는 것을 알고 카마로프 씨는 내 마음을 풀어 주려고 갖은 노력을 했다. 하지만 별다른 수가 없었다. 나 역시 마찬가지였다. 모든 것은 이미 실비아의 손에 넘어가 버렸으니까. 애초부터 이곳 카토가에 발을 들여놓는 게 아니었다.

오후가 되자 나는 다시 취조실로 향했다. 실비아는 아침보다 더 매력적인 모습으로 나를 기다리고 있었다. 중범죄자 수감 구역의 빛바랜 푸른 죄수복을 입고도 어떻게 그녀는 세련된 모습을 유지할 수 있는 걸까?

"곰곰이 생각해 봤어요, 세르주."

그녀는 내가 의자에 앉을 시간도 주지 않고 말했다.

"당신을 도울 수도 있을 것 같아요."

역시나 그녀는 또다시 내 허를 찔렀다. 그녀와 있으면 방심은

금물이다.

"나를 도울 수도 있단 말이지. 그래서 당신은 그러고 싶나?"

내가 미심쩍은 목소리로 말했다.

그녀의 얼굴에 웃음이 점점 더 크게 번졌다. 내가 아무리 앞서 가려 해 봤자, 그녀는 늘 자기가 원하는 곳으로 나를 데려가는 것이다.

"그러고 싶어요, 세르주. 정말로요. 단 한 가지 조건이……."

그렇겠지! 실비아 코르소에게 공짜란 없으니까.

"듣고 있어."

나는 못마땅하게 말했다.

그녀의 아름다운 초록색 눈동자가 내 두 눈을 똑바로 쏘아보았다.

"여기서 나가게 해 줘요."

이번에는 내가 웃을 차례였다.

"차라리 죽고 말지!"

13
세르주▽4월 28일

나는 오늘 아침 파리를 향해 출발했다. 한 점의 아쉬움도 없이 카토가에 작별을 고했다. 다시는 그곳에 발을 들여놓지 않겠다는 굳은 결의와 함께. 발트 해여 안녕, 콘크리트 감옥이여 안녕, 무엇보다 위그선이여 안녕. 솔직히 고백하건대 그 무시무시한 감옥으로부터 백여 킬로미터 떨어지자, 훨씬 기분이 나아졌다.

나는 지금 한 시간 전쯤 베를린에서 탄 인터 페더럴 특급열차의 통로 쪽 좌석에 앉아 있다. 달리는 열차의 진동에 맞춰 몸이 규칙적으로 흔들린다. 온몸에 피로가 밀려든다. 하지만 잠을 잘 수는 없다. 파리에 도착하기 전에, 집에 돌아가기 전까지는 말이다. 집에 돌아가자마자 뜨거운 물로 샤워를 해야겠다고 다짐한다. 물 배급에 관한 새 법령 따위는 상관없다.

창밖에는 서쪽으로 지는 태양이 독일의 드넓은 평원을 낯선 갈색 빛으로 물들이며 사라져 가고 있다. 바람은 참을성 있게 길고 검은 구름 떼를 풀어헤쳐 황혼의 하늘 위로 펼쳐 놓는다. 그 광경이 너무도 멋지지만 나는 고개를 돌린다. 되도록 창 쪽으로 고개를 향하지 않으려 한다. 실비아의 의기양양한 시선과 마주치고 싶지 않기 때문이다.

내가 상황을 분명히 이해하는 데는 얼마 걸리지 않았다. 나는 그녀의 손바닥 위에 있는 것이다. 못된 것! 아무리 내가 그녀를 굴 밖으로 꺼내 주고 싶지 않다 하더라도 소용없었다. 그녀가 그곳에 그냥 웅크리고 있도록 내버려 두고서는 내 일이 한 걸음도 진전될 수 없기 때문이다. 그녀 또한 그것을 잘 알고 있었다.

나는 어젯밤 그녀와 가진 두 번째 면담 직후 곧바로 물러섰다. 내 지위를 가지고, 또 내가 지금 진행하는 사건의 중대성을 보건대, 예외적인 절차를 적용해 감옥에서 빼내는 일은 어려운 게 아니다. 그곳이 카토가 같은 곳이라 할지라도 말이다. 노라가 파리에서 상부의 허락을 받아 냈고 카마로프도 군소리 없이 따라 주었다. 실비아 역시 자기를 빼내는 일은 어린애 장난도 아니라는 걸 잘 알고 있었던 게 틀림없다.

사실 유일하게 의심을 품은 사람, 아니 의심 이상의 무엇, 그래, 두려움을 느끼는 사람은 바로 나다.

지금 실비아는 내 오른편, 창 쪽에 앉아 있다. 이론적으로 보자면 그녀는 나를 벗어날 수가 없다. 내가 잠이 든다 하더라도 말이다. 카토가의 수감자는 카토가 밖으로 나가는 것이 허가되는 날 작은 외과적 조치를 받아야만 한다. 그것은 인공위성으로 위치를 추적할 수 있는 초소형 디스크 모양의 추적장치를 왼쪽 팔 어깨 아래 부분에 주입하는 것이다. 만약 실비아가 자유를 되찾은 아가씨마냥 이곳저곳을 마음대로 쏘다니는 경우 그녀의 행적을 따라갈 수 있도록 하는 위치추적 박스가 내 손안에 있다. 여차하면 즉각 그녀를 덮칠 러시아 연방과 유럽 연방의 정찰대가 따라붙고 있음은 말할 필요도 없다. 실비아의 몸속에 있는 위치추적장치는 유럽과 러시아가 공동으로 사용하는 인공위성에 의해 작동되고 있다.

그러니까 그녀가 내 코앞에서 유유히 도망칠 가능성은 거의 제로다. 하지만 왠지 나는 안심이 되지 않는다. 안심을 할 수가 없다. 그녀가 얼마나 교활한지 너무나 잘 알고 있기 때문이다. 지금 이 순간에도, 그러니까 우리 둘이 창밖으로 어스름 속에 줄지어 서서히 멀어지고 있는 미루나무들을 바라보고 있는 이 순간에도 그녀는 위치추적장치를 따돌릴 방법을 궁리하고 있을 것이 틀림없다.

파리에는 모든 것을 얘기해 두었다. 우리가 도착하자마자 위치 추적장치 외에 추가적인 수단을 덧붙일 것이다. 그것은 흔히 '기차화통' 이라고 부르는 귀여운 작은 목걸이로, 실비아는 바이오리듬에 의해 작동하는 그 장치를 아마 평생 동안 간직해야 할 것이다. 그녀가 혹시 샤워라도 할 양으로 그것을 몸에서 떼어 내면, 그 목걸이는 견딜 수 없는 날카로운 소리를 울려 대게 되고 그러면 이웃들이 채 열까지 세기도 전에 요원들이 들이닥칠 것이다. 실비아는 그녀에게 딱 어울리는 이 어여쁜 선물을 틀림없이 좋아하게 될 것이다.

역에서는 노라가 우리를 기다리고 있을 것이다. 또 우리가 인터페더럴 특급열차에서 내리는 순간부터 정찰대가 나를 바싹 따라붙을 것이다.

기차 안에서 내 동행은 가능한 한 매력적으로 보이기 위해서 갖은 노력을 다하고 있다. 다른 승객들이 이따금 우리에게 던지는 눈길들을 피할 수가 없다. 부러운 미소 혹은 질투어린 눈길들이다. 사람들은 아마 우리를 너무나 잘 어울리는 한 쌍의 부부라고 생각하는 것 같다. 이런 악몽이 있나!

반면, 지금 나의 포로는 내게 유용한 정보들을 흘리지 않기 위해 각별히 조심하고 있다. 그녀는 코마에 빠진 사람들을 먼저 봐야겠다고 고집을 피웠다. 그 말은 파리에 돌아가자마자 다시 브뤼셀로 떠나야 한다는 뜻이다. 그렇지 않으면 실비아는 절대 입을 열지 않겠다고 했다. 그녀가 내게 유일하게 말해 준 사실 한 가지는 우리가 지금까지 알아 온 것에 훨씬 능가하는 마약을 상대하고 있다는 것이다. 그런데도 나는 그게 뭔지조차 모르고 있다니! 이 상황을 즐기는 듯한 동시에 도저히 속내를 알 수 없는 그녀의 눈빛으로 판단해 보건대 그녀는 우리가 마취제나 아니면 펄프X와 같은 합성 마약의 보다 발전한 형태에 혐의를 두고 수사하며 허탕만 치고 있다는 것을 이미 알고 있는 것 같다. 그녀 역시 할 수 있을 때마다 우리가 허탕을 치도록 할 것이다. 그녀에게는 둘도 없는 기회니까.

나는 이미 그녀와의 게임에서 졌다는 느낌이 들었다. 그녀가 내 옆에 앉은 순간부터, 카드는 그녀의 수중에 들어간 것이다.

기차가 파리 동 역에 어서 도착해 고랑을 찾으러 갈 수 있었으면 좋겠다. 고랑과 있을 때는 아무 일도 없는 것처럼 행동해야 한다.

14

고랑▽ 4월 28일

완전 망했다. 누군가에게 들킬 거란 생각을 못하다니 나는 얼마나 멍청한가!

스페인 어 시간이었는데 스피커에서 내 이름을 부르는 소리가 들렸다.

"고랑 푸아레는 마샬 부인 방으로 오세요."

마샬 부인은 교장 선생님이다. 쪽진 머리에 누런 이, 럭비선수 같이 떡 벌어진 어깨에 목소리는 영화 과목 선생님이 데리고 간 극장에서 본 「스타트렉」 흑백 버전에 나오는 클링곤*오페라의 가수 같다. 이 영화를 본 뒤 워프**란 별명을 얻은 마샬 부인은 우리고등학교의 모든 학생들이 무서워하는 존재다. 자리에서 일어나며 나는 위장이 신발까지 출렁 내려앉는 느낌이었다. 평상시 같으면 아빠에게 무슨 일이 일어난 건 아닐까 불안했을 것이다. 불의의 사고, 예를 들면 총기 오발 사고나 미치광이가 휘두른 단도가 비껴갔거나 하는 그런 것 말이다. 경찰 요원의 아들이라면 늘 달고 살아야 할 유령 같은 불안들이다. 하지만 이번에는 왜 나를 부르는지 너무나 잘 알고 있었다. 깜짝 놀라 쳐다보는 페리의 눈길을 받으며 교실을 나오면서 나는 벌벌 떨었다.

교장 선생님 방에서 평소보다 어두운 눈빛으로 나를 맞이하는 노라를 보자 마음은 더 무거워졌다.

"앉아라, 고랑."

워프가 쉰 목소리로 말했다. 그러고는 노라를 향해 물었다.

"성함이……"

"자와스입니다."

노라가 대답했다.

"자와스 양이군요."

교장 선생님이 서류에서 노라의 이름을 찾으며 되뇌었다.

"제가 오시라고 한 이유는 서류에 보니 고랑의 부모님이 안 계실 경우 자와스 양에게 연락하라고 적혀 있더군요."

---

* 60년대 영화 「스타트렉」에 나오는 전쟁을 좋아하는 부족의 이름.

** 영화 스타트렉에서 주인공들과 함께 함대 일원이 된 클링곤 대원의 이름.

"네."

노라가 대답했다. 한눈에 보기에도 무척 긴장한 것 같았다.

"스톡홀름에 있는 소랑상 부인에게도 전갈을 보냈고, 푸아레 씨의 집에도 메시지를 남겼습니다만……."

"고랑의 아버지는 외국에 계십니다. 오늘 오후에 돌아오실 거예요. 무슨 일이지요?"

"아마, 고랑이 직접 무슨 일인지 말해 줄 수 있을 것 같은데요?"

천만에. 나는 아무것도 말하고 싶지 않았다. 물론 입을 다물고 있으면 아무것도 해결되지 않는다는 걸 알지만, 별다른 수가 없었다.

"싫으니?"

워프가 나를 채근하듯 바라보았다.

"그렇다면 안됐구나. 하는 수 없지."

교장 선생님은 컴퓨터 모니터를 우리 쪽으로 돌리고 비디오 파일을 열었다. 몇 초 뒤 화면에는 내가 학교 철망을 넘어 들어와 창문을 통해 기술 교육 건물에 잠입한 뒤 계단을 올라 203호실에 들어가는 모습이 나왔다. 잠시 뒤 나는 컴퓨터 모니터 앞에 앉아 불안한 눈초리로 주위를 둘러보고 있었다.

"이 영상은 어제 오후에 우리 학교 감시카메라에 녹화된 것이지요.”

마샬 부인이 설명했다.

노라는 휘둥그레진 눈으로 나를 바라보았다.

“일요일 날 여긴 뭐 하러 온 거니?”

“그게 바로 우리가 알고 싶은 거랍니다!”

늙은 할망구가 약 올리듯 말했다.

20세기 말에 나온 영화인데도 「스타트렉」에 보면 주인공들은 한 곳에서 다른 곳으로 순간 이동을 할 수 있다! 하지만 수십 년이 지난 오늘까지도 실제로 그렇게 할 수 있는 기술은 개발되지 않았다. 그래서 나는 여기 교장 선생님 방에 죄수처럼 앉아서 두 눈은 바닥을 향하고, 워프와 노라가 힐난하는 눈초리를 온전히 받고 있는 것이다.

내가 그들에게 털어놓길 거부하는 것은, 내가 일요일에 학교에 몰래 들어와서 할아버지, 할머니의 은행 계좌를 해킹하려고 했다는 사실이다. 집에 있는 내 컴퓨터는 쓸 수 없었다. 그러면 흔적이 남을 테니 말이다. 학교에 있는 성능 좋은 컴퓨터 덕택에 나는 십 분 만에 은행들이 절대 해킹당할 위험이 없다고 자랑하던 그 사이트에 들어가 600유로를 이아니스가 내게 이메일로 알려 준 익명의 계좌로 보낼 수 있었다. 정말 식은 죽 먹기였다. 사소한 것들까지 꼼꼼히 챙기느라 나는 정작 가장 기본적인 것을 챙기지 못한 것이다. 바로 학교 구석구석에 설치된 감시카메라 말이다.

눈에 거의 띄지 않는 감시카메라들이 어디든 존재한다. 학교, 길거리, 식당, 지하철, 우리 아파트 복도에까지. 없는 곳이 없기 때문에 사람들은 오히려 그 존재를 잊어버리고 만다. 하루 24시간 카메라에 의해 녹화된다는 것. 그것은 전혀 녹화되지 않는 것과 마찬가지다. 금발이나 갈색 머리처럼 자연스러운 것이 되고, 마치 일상적으로 내리는 비나 스모그, 또는 거리의 신호등과 같은 것이 되어 버린다.

"고랑? 컴퓨터로 무엇을 했니?"

노라가 물었다.

나는 계속해서 바닥만 쳐다보았고 마샬 부인이 내 대신 대답을 했다.

"물론, 고랑은 하드디스크에서 흔적이 될 만한 것들을 다 지웠답니다."

"고랑!"

노라가 목소리를 높이며 다그쳤다.

"우리한테 설명하기를 거부한다면 어쩔 수 없이 너를 징계할 수밖에 없구나!"

꼭 열 시간처럼 느껴졌던 십 분이 흐른 뒤, 나는 사흘 간의 정학을 알리는 통지서를 손에 쥔 노라와 함께 길에 있었다.

"이게 무슨 바보 같은 짓거리니?"

노라는 가까스로 화를 참으며 내게 물었다.

나는 대답 없이 노라를 쳐다볼 뿐이었다.

"내가 여기 와서 네 징계 서류에 사인하는 것 말고 다른 할 일이 없다고 생각하는 건 아니겠지?"

"물론 할 일이 엄청나게 많으시겠지요."

나는 못된 얼굴로 대답했다.

"다들 할 일들이 많으시니까요. 그래서 나 같은 걸 돌볼 겨를이 없겠죠. 노라도, 아빠도, 엄마도…… 모두 말이에요!"

"그러지 마, 고랑! 네 멋대로 모든 걸 꼬아서 보지 말란 말이다. 네 아버지가 네게 최선을 다하고 있다는 건 너도 알고 있잖니. 지금 이 순간 아버지가 하시는 일이 너무나 복잡하단 말이야. 그러니까 너까지 사고를 칠 필요는 없다고. 정말이지 그러지 마. 그리고 너 말하는 태도도……"

나는 한숨을 내쉬었다. 그리고 걸음을 떼며 중얼거렸다.

"내 엄마도 아니면서……."

그러자 노라는 곧바로 나를 멈춰 세웠다.

"그래, 난 네 엄마가 아니야. 그래서 다행인 줄 알아. 내가 네 엄마였다면, 분명히 말하는데, 무슨 수를 써서라도 사라진 네 기억을 되찾게 해 주었을 테니까."

더 이상 한 마디도 하지 않고 우리는 지하철 역까지 걸어갔다. 승강장에 서자 노라는 화가 조금 풀린 목소리로 다시 말했다.

"좋아. 우리 둘 다 진정하자……. 예, 아니요로 대답해. 너 그 컴퓨터로 뭘 했는지 나한테 얘기해 줄 거니?"

"아니요."

"왜 아닌데?"

"별거 아니었다고요."

나는 정확히 그 반대를 생각하며 그렇게 말해 버렸다.

"날 믿어 주세요."

"별게 아니었다면 왜 나한테 말할 수 없는 거지?"

"왜냐하면……."

"우린 친구잖아, 아니야? 친구 사이엔 비밀이 없어야지!"

그놈의 기차는 무척 더디게 왔다. 이야기를 딴 곳으로 돌릴 만한 무언가가 절실하게 필요했다. 그러다가 등 뒤로 열차의 문이 닫히기도 전에 기가 막힌 생각이 떠올랐다.

"노라?"

열차가 조용히 출발하려 할 때 내가 물었다.

"왜?"

"어째서 우리 아빠한테 사랑한다고 고백하지 않는 거죠?"

노라는 갑자기 꼭 유전자합성 토마토처럼 얼굴이 빨개져서 말을 더듬었다.

"뭐?…… 무슨…… 도대체 무슨…… 그게 무슨 말이니?"

노라는 아빠를 사랑한다. 노라의 예쁜 얼굴 한가운데 있는 코만큼이나 분명하게 보인다. 그걸 못 보는 사람은 우리 아빠뿐이다.

나는 친절한 미소까지 지으며 덧붙였다.

"만약 아빠가 먼저 대시하기를 바란다면 그런 일은 평생 없을 거예요."

"그런 얘기라면 그만둬, 고랑. 너는 정말 아무 말이나 막 하는구나. 너희 아버지는 내 상사야. 그리고……"

"우린 친구라고 생각했는데요. 그러니까 친구 사이엔 비밀이 없어야 하는 거 아닌가요?"

노라는 자기가 쳐 놓은 함정에 빠진 것처럼 약이 오른 표정으로 나를 노려봤다.

우리는 집까지 남은 길을 조용히 걸었다. 우리 아파트에 도착하자 노라는 올라가서 함께 점심을 먹자는 내 제안을 거절했다.

"난 가 봐야만 해. 네 아버지가 오늘 오후에 돌아오시는데 역에 마중 나가기 전에 해결해야 할 일이 산더미거든. 넌 집에 들어가서 저녁까지 꼼짝 않고 있는 거야, 알았지?"

"네."

"미리 얘기하지만, 빈 쏭 부인에게 전화해서 네가 집에 있는지

가서 확인하라고 할 거다!"

"꼼짝 안 할게요. 약속해요."

노라는 한숨을 내쉰 뒤, 떠나기 전에 내 뺨에 입을 맞추었다. 나는 그 기회를 이용해 노라의 귀에 대고 속삭였다.

"아빠한텐 아무 말도 안 할 거죠?"

"학교에 안 가는 걸 보면 아버지도 네가 학교에서 징계당한 걸 아시게 될 거야!"

"아빠는 아침에 일찍 나가니까 모르실걸요!"

"두고 보자. 어쨌든 조심해."

"알겠어요."

"고랑, 지금 네가 어리석은 짓을 하고 있는 게 아니었으면 좋겠구나."

"걱정 마세요."

그러고 나서 노라는 떠났다.

내가 지금 무엇을 하고 있는지 나는 잘 안다. 그게 어리석은 짓이라는 것도 잘 알고 있다. 엄청나게 어리석은 짓이라는 것을 말이다. 내 안 깊숙한 곳에서 지금 끔찍한 파국을 향해 내달리고 있다고 말하는 소리가 들린다. 생전 처음으로 나는 부끄러운 일을 하고 있는 것이다. 생전 처음으로 할아버지와 할머니, 아빠와 노라를 속이고 있는 것이다. 하지만 멈출 수가 없다. 내 안에서 자라나고 있는 이 혼란의 끝까지 가서 보고 이해하고 싶은 것이다. 나는 멜을 되찾고 싶다. 멜과 더불어 내 자신도 되찾을 수 있을 것이다.

어떤 일이 벌어지든지 간에, 내 안에 있는 고뇌의 덩어리가 계속해서 커진다 해도 나는 안다, 내일 열 시에 이아니스가 정한 약속 장소에 나가 있으리라는 것을.

15

고랑▽ 4월 29일

아빠가 방금 전화해서 오늘 저녁에 집에서 저녁을 먹겠다고 말했다. 내일 아침 일찍 브뤼셀로 떠나야 하기 때문에 나와 조용하게 저녁을 보내고 싶다는 것이다. 좋은 소식이다. 내가 보낸 오늘 하루를 생각하면 정말이지 집에 혼자 있고 싶지 않다. 나는 할아버지가 가르쳐 주신 방법대로 간단한 저녁 식사를 준비할 생각이다. 그러면 파리 외곽 지대에 갔다가 마음속에 담아온 영상들을 조금이나마 털어낼 수 있을 것 같다.

오직 그 영상들만 가지고 왔다면 좋았으련만…….

샤르트르와 그 일대에 관해서라면 나는 그저 고속도로변을 장식하며 정렬해 있는 저 유명한 풍경들을 알고 있을 뿐이다. 그곳은 보스 지방을 프랑스에서 가장 더러운 동시에 가장 부유한 지역으로 만들었다. 어쨌든 그곳이 제6구역으로 분류된 후로는 아무도 그곳에 발을 들여놓지 않았다. 파리와 인접해 있고 또한 망스 교외로부터는 30여 킬로미터밖에 떨어지지 않은 그곳은 전형적인 무법지대라고 할 수 있다.

기차가 서서히 속도를 줄였지만 나는 여전히 할머니가 집으로 보낸 메일을 생각하고 있었다.

To: go-ret@friserver.eu

From:Claire.Poiret@laposte.bzh

Objet: (제목 없음)

나는 메일을 열어 보지 않았다. 무슨 내용인지 뻔히 알 것 같았기 때문이다. 걱정을 늘어놓으셨겠지. 나는 학교 컴퓨터를 이용해 해킹을 하는 잘못을 저질렀고, 삼십구 년 간 컴퓨터 엔지니어로 일하신 할머니가 해킹의 근원지를 찾는 데는 이 분도 채 안 걸렸을 것이다. 곧바로 나는 600유로를 빼 간 주범으로 지목되었을 것이다. 내가 이해할 수 없는 것은 할머니가 왜 아빠에게 바로 연락하지 않고 나에게 메시지를 남겼나 하는 것이다.

샤르트르 역이 눈에 들어오자 나는 생각에서 깨어났다. 깨진 유리들과 부서진 문들, 반쯤 불타 버린 지붕들과 악취를 풍기는 쓰레기 더미 위에서 쥐와 갈매기가 먹이를 놓고 다툼을 벌이고 있었다. 그제야 나는 내가 하차 버튼을 눌렀을 때 열차 안의 다른 승객들이 나를 이상한 눈초리로 쳐다본 까닭을 이해할 수 있었다. 오랫동안 샤르트르 역에 내리는 사람은 없었던 것이다. 사람들은 아예 역을 없애자고까지 했다. 제6구역에서는 기차가 안전을 위해 터널 안으로만 주행하기 때문이다. 이아니스는 왜 이런 곳을 약속 장소로 정한 것일까?

기차는 곧 다시 출발했다. 아무도 없는 승강장에 혼자 남겨졌을 때 나는 등에 서늘한 한 줄기 바람을 느꼈다. 서편에는 노란색의 하늘이 주황빛으로 변해 가고 있었다. 폭풍우가 올라오고 있었다. 저물녘인데도 비정상적으로 더운 날씨를 생각하면 이상할 것도 없었다.

목이 꽉 잠긴 채 나는 발걸음을 떼었다. 그러나 이내 역의 부서진 출입문 앞에 다다르자 그 자리에 멈춰 버렸다. 사람들이 너무나 많았다. 남자와 여자들이 상자를 덮거나 담요를 몸에 두른 채 땅바닥에 널브러져 자고 있었다. 역한 냄새가 코를 찌르고 관자놀이가 욱신거렸다. 아무도 깨우지 않았기를 기도하며 나는 뒷걸음질로 그곳을 빠져나왔다. 갑자기 나는 전속력으로 담장이 무너진

역 건물을 에돌아 도시 중심가로 뛰어갔다.

페리의 형이 정한 약속 장소는 적어도 쉽게 찾을 수 있었다. 샤르트르 대성당이었던 것이다. 거대한 규모의 대성당은 거리와 건물들 위에 군림하는 모습으로 도시 한가운데 우뚝 서 있었다. 성당에 가까워질수록 나는 발걸음을 재촉했다. 더럽고 냄새나고 질척질척한 길을 따라 건물의 일층에는 담장이 둘러쳐져 있고 각 층마다 깨진 창문은 덮개로 아무렇게나 가려져 있었다.

오직 내 발소리만이 이 유령의 도시에서 살아 있는 듯 느껴졌다. 나는 누군가와 마주칠까 봐 두려웠다. 그러나 도시는 잠들어 있었다. 그 유명한 제6구역의 밤으로부터 쉽게 깨어나지 못하고 있는 게 분명했다

나는 성당 발치에 이르렀을 때 나 혼자가 아니라는 것을 깨달았다. 거대하고 멋진 성당 건물을 살펴보려고 눈을 들었을 때 나는 꼭대기에 앉아 있는 새들을 보았다. 새들은 조각상 위에, 괴물 모양의 석상들 위에, 그 밖에 피난처가 될 만한 곳이면 어디든 앉아 있었다. 심지어 지나간 과거가 서려 있는 성당의 두 개의 첨탑에도 앉아 있었다. 그러고 보니 도시의 모든 건물들의 지붕과 합각머리, 들보와 난간마다 새들로 뒤덮여 있었다. 수천 마리의 비둘기, 티티새, 까마귀와 갈매기들. 일단 눈에 들어오자 그것들이 빗물받이 위에서 총총대는 발소리, 날갯짓 소리, 돌에 부리를 가는

소리들이 들려왔다. 이상하게도 구구대거나 지저귀거나 울음소리를 내는 놈은 한 마리도 없었다. 폐허가 된 도시의 풍경 속에서 새들마저 긴장해 벙어리가 된 것이다. 그것이 나를 더욱 불안하게 했다.

내 시계는 아홉 시 오십 분을 가리키고 있었다. 약속 시간까지 십 분 남았다. 나는 성당 안이 어떤지 무척 보고 싶었지만 발을 들여놓을 엄두가 안났다. 성당 안도 역처럼 사람들로 넘쳐날 것이 뻔했다. 성당과 마주보고 있는 건물들도 다 마찬가지일 것이다. 겉으로는 고요해 보이지만 샤르트르 성당 안에서는 수상쩍은 동요가 느껴졌다. 성당에 다가설수록 나는 점점 지뢰밭을 걷는 느낌이었다.

아홉 시 오십오 분에 누군가 내 쪽으로 다가오는 소리가 들렸다. 이아니스가 분명하다고 생각한 나는 소리가 나는 쪽으로 몸을 돌렸다. 그러자 한쪽 구석에서 털투성이의 여자가 갑자기 튀어나왔다. 여자도 나만큼이나 놀랐는지 잠시 동안 그 자리에 꼼짝 않고 있더니 이내 씨익 하고 공포스러운 미소를 지어 보였다.

"어디 보자, 예쁜 꼬마야. 엄마 아빠를 잃어버렸니?"

여자는 반쯤 벌거벗고 있었다. 나머지도 옷이라기보다 누더기에 가까운 것으로 가리고 있었다. 끔찍할 정도로 마르고 창백했다. 텅 빈 듯한 두 눈은 광기가 서렸고 눈 주위는 거무튀튀했다.

"뭘 가지고 왔니?"

"네?"

나는 불안한 목소리로 대답했다.

"뭘 팔려는 거냐고?"

"팔다니요?"

"이것 봐, 나 돈이 있다고! 꽤 짭짤한 저녁이었거든."

여자는 박물관에나 가야 볼 수 있는 종이돈을 실제로 꺼내 보였다. 내가 태어나기 훨씬 전부터 동전과 지폐는 더 이상 쓰이지 않았다.

"전 여기 뭘 팔러 온 게 아니에요. 친구를 기다려요. 그리고……"

"네 시계 참 멋지구나, 꼬마야!"

"그 아이를 그냥 둬!"

내 쪽으로 다가오던 여자는 근엄한 목소리에 깜짝 놀랐다. 나도 마찬가지였다.

뒤를 돌아보니 이아니스가 내게 눈짓을 해 보이며 여자 쪽으로 다가가고 있었다. 이아니스를 보자마자 여자는 마치 굶주린 암고양이처럼 교태를 부렸다. 이아니스는 여자를 조금 떨어진 곳으로 데리고 갔다. 나는 영문을 모른 채 둘이 하얀 가루가 든 작은 봉지와 지폐를 교환하는 모습을 지켜보았다. 여자는 곧바로 왔던 곳으로 사라졌고 이아니스는 만면에 웃음을 띤 채 내 쪽으로 걸어왔다.

"그래, 제6구역이 마음에 드니?"

"왜 여기서 만나자고 한 거야?"

"여기 말고 감시카메라가 없는 곳을 또 알고 있니? 카메라도 없지, 경찰도 없지…… 이거야말로 진정한 삶 아니겠어!"

"저 여자한텐 뭘 판 거야? 혹시……?"

"무슨 여자?"

나는 너무 놀라 내가 본 것을 우길 수도 없었다. 방금 내 가장 친한 친구의 형에 대해 새로운 사실을 알았기 때문이다. 이아니스가 마약상이라니. 더구나 나 역시 이 악몽과도 같은 도시에 마약을 찾으러 온 것이다. 나는 이아니스를 따라 성당 안으로 들어갔다.

안에 들어서니 건물은 더욱 웅장하고 위엄 있게 느껴졌다. 깨진 유리들 사이로 희미한 빛이 들긴 했지만 전체적으로 어두침침했다. 사람들이 많았다. 대부분은 상자를 깔고 자거나, 임시변통으로 만든 천막 아래 자고 있었다. 몇몇은 막 잠에서 깨어나 볼일을 보거나 아무렇게나 만든 화로에 커피를 데우고 있었다. 나를 쳐다보는 기분 나쁜 시선들을 피하며 나는 한 걸음 한 걸음 이아니스를 따라갔다.

"불안해할 것 없어. 나와 있으면 겁날 거 하나 없으니까."

정말로 나를 보던 시선들은 이아니스를 보자 누그러들었다. 심지어 그 눈길들은 주눅이 든 듯 비굴해지기까지 했다. 성당 안쪽에 이르자 이아니스는 성기실이라고 쓰인 문 옆, 머리를 민 조각상이 장식된 거울 장의 손잡이를 돌렸다. 그러자 횃불로 환하게 밝혀진 넓은 공간이 나타났다. 이아니스는 이곳을 일종의 사무실로 쓰고 있는 것 같았다. 이아니스는 내게 의자를 가리켰다.

"돈은 잘 받았어. 그래, 어떻게 하는 건지는 잘 알고 있겠지?"

"뭐가?"

"네가 찾으러 온 물건 말이야."

"몰라."

이아니스는 한쪽 벽에 안쪽으로 파인 공간을 열었다. 그러고는 금고를 열더니 그 안에서 반투명의 튜브와 작은 주사기를 꺼냈다.

"이 튜브를 주사기에 끼워. 그런 다음에 팔 안쪽의 굵은 정맥에 주삿바늘을 넣는 거야. 아주 쉽고 아프지도 않아. 하지만 꼭 침대에 누워서 해야 돼. 왜냐하면 곧바로 약효가 돌거든."

내가 겁에 질린 걸 눈치챘는지 이아니스는 웃으면서 이렇게 말했다.

"전혀 해롭지 않아, 고랑. 중독성도 없고 부작용도 없어. 오직 행복할 뿐이라고! 이 물건은 약국에서 팔아야 한다니까!"

이아니스는 내게 바짝 다가서더니 코앞에 그 물건을 내밀었다. 하지만 내가 물건을 받아들자 내 손을 힘껏 잡았다.

"너희 아버지에게는 아무 말 않는 거다, 고랑."

이아니스의 목소리는 무거웠다. 두 눈에는 내가 지금까지 보지 못한 단호함이 서려 있었다.

"만약 네가 발각되면 그땐 우린 서로 모르는 거야. 알았지?"

"좋아."

"이건 장난이 아니야, 고랑. 여기는 학교 운동장이 아니라고. 만약 네 아버지의 수사가 나한테까지 미치면 그땐 네가 상상도 못 할 고통을 치르게 될 거다."

"알아들었다고."

"좋아. 넌 괜찮은 놈이야. 네가 믿을 만하다는 건 나도 알고 있어. 내 동생이 친구를 어떻게 고르는지 아니까……."

나는 혼란스러웠다. 그 순간, 아빠 모르게, 할아버지와 할머니 그리고 가장 친한 친구도 모르게 제6구역 한복판에서 무엇인지도 모를 물건을 사고 있는 나 자신이 너무나 낯설었다.

"나 파리에 가는 길인데 태워 줄까?"

이아니스가 말했다.

다시 역까지 걸어가 다음 기차를 기다리지 않아도 된다는 사실에 나는 마음이 놓였다.

"해 뜰 무렵부터 정오까지는 이곳도 안전해."

성당을 다시 가로질러 출구 쪽으로 향하며 이아니스가 내게 말했다.

"하지만 그 외의 시간에는 이곳을 피하는 게 좋을 거야."

"여기는 어쩌다 이렇게 된 거야?"

내가 순진하게 물었다.

"다른 곳들이 평화롭기 위한 대가지. 넌 어떻게 파리의 범죄율이 0퍼센트가 될 수 있다고 생각하지? 세상은 바뀌지 않아. 사람들은 더더욱 변하지 않지! 그래서 관광객들과 세금을 내는 사람들이 있는 곳은 깨끗하게 청소를 하고 나머지들, 그러니까 아름다운 배경을 해치는 존재들, 그게 사람이든 새들이든 간에, 그것들은 멀리 눈에 안 보이는 곳에 버려두는 거야. 거기서 자기네들끼리 알아서 하라고 말이지……."

이아니스의 커다란 오프 로드 자동차는 성당 뒤뜰에 있었다. 한 무리의 더러운 아이들이 자동차를 지키고 있었다. 이아니스는 아이들에게 동전을 던져 주었다.

자동차는 요란한 소리를 내며 출발했다. 그 소리에 수천 마리의 새들이 지붕을 떠나 오렌지빛 하늘로 날아올랐다. 하늘에는 한바탕 비를 퍼부을 듯 구름들이 피어오르고 있었다.

자동차 앞좌석에 앉아서 나는 샤르트르의 거리들이 뒤로 스쳐

가는 것을 바라보았다. 거리는 이제 겨우 잠에서 깨어나 움직이는 더럽고 비참한 사람들로 수런댔다. 밤이면 이곳은 어떤 모습일까 하고 나는 상상해 보았다. 텔레비전 속에서는 이곳의 모습을 전혀 볼 수 없지만 나는 이미 제6구역이 밤마다 모든 종류의 밀매와 살인의 온상이며 갱들 사이의 전쟁터가 된다는 것을 아빠에게 들어 알고 있다. 이곳은 약육강식이 지배하는 세계다. 이곳에서는 살아가는 것이 아니라 살아남기 위해 싸워야 한다.

집에 돌아와서는 파리를 뒤흔드는 폭풍우를 바라보며 나머지 시간을 보냈다. 할머니한테 또 다른 메시지를 받았고, 엄마와 페리도 각각 메시지를 남겼다. 나는 아무에게도 전화하지 않았다. 아빠의 통화를 비롯해 모든 통화를 거부했다. 샤르트르에 다녀온 것 때문에 불안하기도 했지만, 내가 가져온 물건 때문에 더더욱 마음이 무거웠다. 튜브 속에는 무색의 액체가 담겨 있었다. 나는 몇 번이고 그것을 화장실 변기 속에 던져 버리려고 했지만 결국은 내 침대 밑에 주사기와 함께 숨겨 두었다. 바로 아빠의 코앞에서 아빠를 배신하는 기분이었다.

16

세르주▽4월 30일

오늘 저녁 브뤼셀에서 나는 이상하게도 세상 끝에 홀로 남겨진 듯한 느낌이 들었다. 동시에 요 전날 왜 나에게 이 일을 하냐고 묻던 고랑의 목소리가 다시 들려오는 듯했다…….

그래도 어제는 아들과 함께 저녁을 보낼 수 있었다. 그 아이는 내게 맛있는 저녁을 차려 주었다. 사람들은 흔히 어떤 재능이나 취향이 한 세대를 걸러 유전된다고 말하곤 한다. 내가 할 수 있는 요리란 고작 냉동한 오믈렛을 녹이는 것뿐이란 걸 생각하면 참 맞는 말이다.

고랑은 무슨 걱정이 있는 것처럼 잔뜩 긴장한 채 정신은 딴 곳에 팔린 듯했다. 그러고 보면 우리 둘은 참 죽이 잘 맞는다! 텔레비전 앞에서 밥을 먹으며 무언가에 대해 이야기를 나누었지만 사실 우리 둘 다 자기 생각에 빠져 있었다. 나는 카토가와 실비아에 관해서 고랑에게 얘기할 수가, 아니, 얘기하고 싶지가 않았다. 그런데 고랑이 내게 말하고 싶지 않았던 건 뭘까?……

세월이 흐르고 고랑이 자라날수록 고랑과 점점 이야기 나누기가 어렵다. 종종 고랑이 어렸을 때의 모습이 떠오른다. 그때는 모든 것이 단순했다. 내가 임무를 마치고 돌아오면 아이는 내 품에 뛰어와 안겼다. 그러면 함께 놀고, 웃고…… 그때를 돌이켜 보면, 어서 아이가 자랐으면 하는 마음뿐이었다. 어서 아이에게 세상을 보여 주고 싶었다! 남자들의 세상 말이다! 그러고 나서 아이는 홀로 세상에서 살아가는 법을 배워 나갈 것이다…….

아버지가 되는 것은 쉬운 일이 아니다. 하긴 내 젊은 시절을 생각해 보면 아들 노릇을 하는 것도 마찬가지지만.

오늘 아침, 파리에서 브뤼셀까지의 여행은 별 탈 없이 진행되었다.

퓌토-우에스트의 경찰 타워에 마련된 특별 독방 감옥에서 실비아가 나오는 모습을 보았을 때, 나와 노라는 거의 그 자리에 얼어붙었다. 그녀는 몰라보게 변해 있었다. 불과 나흘 전 내가 카토가에서 만났던, 반항하지 못하도록 수갑이 채워져 있던 여인과는 전혀 다른 모습이었다. 짧은 머리는 정성스럽게 손질되어 있고, 손톱에는 매니큐어를 칠하고 얼굴에는 자연스럽게 화장을 한 채, 하얀 블라우스 위에 우아한 회색 정장을 입은 차림이었다. 그녀의 변신에 찬물을 끼얹는 단 한 가지가 있다면 그것은 블라우스 옷깃의 단추를 목 위까지 채운 것이다. 물론 우리가 선사한 '기차화통'을 감추기 위해서였다.

가는 도중에 우리는 한 마디도 주고받지 않았다.

북 브뤼셀에 도착해 기차에서 내리자 우리는 곧 현지 마약 담당 경찰들에게 둘러싸였다. 그들은 우리를 호위해 곧바로 병원으로 향했다. 노라가 그들에게 실비아를 특별히 조심해야 한다고 당부하는 소리가 들렸다. 실비아는 아무 생각 없는 척하며 역 주변의 건축물들에 감탄하는 표정을 하고 있었다. 하지만 그녀 특유의 고약한 웃음을 완전히 감추진 못했다. 물론 나 역시 노라에게 우리의 '손님'에 대해 간략하게 설명하고 단 한 순간도 긴장을 늦추어서는 안 된다고 말해 두었다.

호위 차량들은 브뤼셀의 8차선 순환 도로를 떠나 몇 번인가 방향을 꺾은 뒤에 아즈-뷔브 주차장에 차를 대었다. 아즈-뷔브는 가장 큰 종합의료센터인 브뤼셀 대학병원의 또다른 이름으로 한 층을 완전히 할애해 원인을 알 수 없는 우리의 코마 환자들을 치료

하고 있었다. 또 다른 경찰들이 사복 차림에 다연발 자동권총으로 무장한 채 우리를 기다리고 있었다. 경계가 그토록 삼엄한 까닭을 나는 병원의 삼층, 내 동료들이 냉소적으로 '채소 시장' 이라고 부르는 그곳에 다다랐을 때에야 알 수 있었다. 막심 그레앙이 예고 없이 딸을 보기 위해 와 있었던 것이다.

"그레앙이 다 와 있네."

등 뒤에서 실비아가 놀랍다는 듯 중얼거렸다. 그 소리에 나는 불안해졌다. 도대체 여긴 뭐 하러 온 걸까?

나는 실비아가 멜라니에 대해 눈치채지 못하게 하려고 무척 조심했다. 그레앙이 달갑지 않게 나타나 수사를 방해하지 않았더라면 아마 계속해서 비밀에 부쳤을 것이다.

꼭 럭비 유니폼을 입은 듯 어깨가 떡 벌어진 경호원들에 둘러싸여 그레앙은 나를 향해 똑바로 걸어왔다. 그는 신경질적으로 이를 앙다물었다가 다시 풀었다. 그가 아무리 감추려 해도 방금 전에 그가 울었다는 걸 알 수 있었다. 우리 사이가 한 1미터 정도로 가까워지자 그는 붉어진 눈으로 나를 죽일 듯 쏘아보더니 이렇게 내뱉었다.

"푸아레 씨, 어서 여기서 나를 꺼내 주시오. 알아들었소?"

나는 마약에 빠진 자녀의 운명이 어떻게 될지 겁먹고 괴로워하는 부모들을 다루는 일에 익숙하다. 좋아서 하는 건 아니지만 어쨌든 어떻게 해야 하는지는 알고 있다. 다만 보통의 경우, 그들은 차기 지도자 후보가 아니다.

"가능한 모든 일을 하고 있습니다……"

내가 입을 열었다.

"그런 건 관심 없다고! 내가 원하는 건 결과요!"

그레앙이 바로 내 말을 끊으며 말했다.

"벌써 삼 주나 되었소……. 푸아레 씨, 내가 미리 말해 두겠는데, 나는 개인적으로 당신에게 내 딸의 생사가 걸린 이번 일의 책임을 맡겼소. 그러니 어서 움직이란 말이오. 움직이라고!"

"안 그러면 어쩌시려고요?"

여자의 목소리가 끼어들었다.

고개를 돌릴 필요도 없이 누가 말했는지 알 수 있었다! 나는 그레앙이 곧 폭발할 것이라고 예상하고 두 어깨 사이에 머리를 거의 처박다시피 했다. 하지만 그레앙은 잠자코 실비아를 살펴보았다. 그러고는 한 마디도 하지 않고 경호원들과 함께 엘리베이터 안으로 사라져 버렸다.

나는 실비아의 팔을 붙잡고 의학적인 보호 아래 희생자들이 수용되어 있는 두 개의 큰 방 중 하나로 데리고 갔다.

"문제를 일으킬 생각일랑 하지도 말라고!"

내가 위협하듯 말했다.

"네, 대장님!"

그녀가 미소 지으며 말했다. 내 보잘것없는 권위 따위는 우습다는 투였다.

벨기에 측 요원들을 따라서 우리는 2열로 놓인 침대들 사이를 지나갔다. 다해서 20개 남짓한 침대가 있었다. 또 다른 방에도 거의 비슷한 수의 침상이 있었다. 아즈-뷔브 종합병원의 이층은 지금 32명의 환자들을 수용하고 있다. 그들은 모두 똑같은 증상을 앓고 있다. 멜라니 그레앙만이 24시간 경호를 받는 개인 병실에 보호되고 있었다.

"그러니까, 그레앙 가문의 누군가가 여기에 있단 얘기군……."

실비아가 혼잣말로 중얼거렸다.

"그래. 하지만 노라와 나 말고 다른 누구에게도 그 사실을 말해선 안 돼. 그렇지 않으면 곧바로 카토가로 가는 초고속 차표를 끊어 줄 테니."

그러나 또다시 내 협박은 아무런 효력을 발휘하지 못했다.

"걱정 말아요……. 당신 나를 잘 알잖아요!"

못 미더워하는 노라의 시선을 받으며 실비아는 아무 침대나 하나 골라 다가섰다. 거기에는 스무 살 정도 되어 보이는 젊은 남자가 누워 있었다. 그의 얼굴은 각종 센서들로 덮여 있었고 몸의 나머지 부분은 딱 맞는 검은 가운에 싸여 있었다. 거기에 서로 다른 여러 개의 모니터들이 연결되어 심전도, 호흡, 영양 상태 등을 보여 주고 있었다. 그중에도 뇌의 활동을 나타내는 모니터는 절망적으로 수평선만 그리고 있었다. 센서들과 가운은 환자의 대근육이 지나치게 손상되는 것을 막기 위해 근육을 자극하는 기능을 했다. 또한 욕창이 생기는 것을 막기 위해 피부에 지속적으로 마사지를 가하고 있었다. 그러고 보면 불쌍한 '식물인간들'은 걱정할 게 하나도 없다. 이런 상태로 몇 달 혹은 몇 년이고 그들의 생명을 유지할 수 있으니까 말이다. 적어도 심장이 뛰는 한에는.

"좋네요. 필요한 조치를 잘 취하고 있어요."

실비아가 말했다.

그러더니 몇 분 동안 양 미간을 찡그리고 그 젊은 남자의 눈꺼풀을 집중적으로 관찰하기 시작했다. 노라와 나는 서로 의심스러운 시선을 교환했다. 도대체 실비아는 뭘 찾고 있는 걸까?

"그래, 당신 의견은 어떤가요?"

마침내 노라가 더는 못 기다리겠다는 투로 물었다.

실비아는 그녀를 향해서 커다란 웃음을 지어 보였다. 내 동료는 그 웃음의 의미를 잘 모르겠지만 나는 너무나 잘 알고 있다. 그 웃음은 이렇게 말하고 있었다. 한 번만 더 그딴 식으로 말하면 창문 밖으로 던져 버리겠다고 말이다.

하는 수 없이 내가 끼어들었다.

"그래, 실비아, 이제 충분히 봤잖아! 그러니까 자세하게 말해 봐."

실비아는 코마 상태의 남자에게서 내 쪽으로 시선을 돌리며 이렇게 말했다.

"내게 연구실이 하나 필요하겠네요."

노라도 나만큼이나 놀란 눈초리로 나를 바라보았다.

"연구실이라고? 무슨 미친 소리야?"

실비아는 젊은 남자의 관찰을 끝내고 몸을 다시 곧추세웠다.

"이 젊은이들을 잠의 신 품으로 보낸 게 무엇인지 알 것 같아요……."

"그래서요?……"

노라가 끼어들었다.

노라의 말은 철저하게 무시한 채 실비아는 아주 천천히, 마치 우리가 답답해서 숨이라도 넘어가길 바라는 것처럼 아주 천천히 하던 말을 이어 갔다.

"게다가 내가 당신들을 도와서 몇 명은 다시 이 세상으로 데려올 수 있을 것 같은데요."

"요점이 뭐야, 실비아!"

그녀의 교활한 수가 뻔히 보여서 내가 소리쳤다.

그녀는 나를 쳐다보았다. 자기가 하는 말을 내가 이해할 수 있을지 의심스럽다는 표정이었다.

"이덴(E-den)이에요."

"에덴(eden)? 천국, 아담과 이브, 사과와 뱀 뭐 그런 이야기가 나오는 에덴 말이야?"

내가 놀라서 물었다.

"그렇다고 할 수도 있지요, 어느 면에서는."

실비아가 말했다.

"하지만 좀 더 알아보기 위해서는, 그러니까 확실하게 하기 위해서는 좀 더 가까이서 이 사람들을 연구할 필요가 있어요……. 내 생각엔 아직 이들을 꿈 분석기에 넣고 검사할 생각은 안 한 것 같은데요."

"난 잘 모르겠어."

"분명히 안 했을 거예요. 이 사람들의 뇌파가 수평을 그리고 있으니 그럴 필요가 없다고 생각한 거죠……. 좋아요. 나한테 작은 연구실을 하나 주세요. 병원 안이면 더 좋고요. 여기 공간이 부족할 것 같진 않군요. 그리고 혈액 분석 결과하고, 이 아가씨들과 도련님들의 뇌파 검사 결과, 그리고 꿈 분석기를 주세요. 가장 최신형으로요. 다른 장비도 필요하겠지만 그건 그때그때 알려 줄게요."

노라가 내 곁으로 다가와 속삭였다.

"저 여자를 여기 혼자 남겨 둘 순 없어요!"

물론 그럴 순 없다. 대답이 필요 없는 말이다. 실비아의 두 눈은 기쁨을 감추지 못했고 나는 그 자리에서 그녀의 목을 조르고 싶은 심정이었다.

"세르주가 여기 남아서 나를 감시할 수밖에 없겠네요! 저 사람은 그걸 아주 좋아한답니다. 나를 감시하는 거 말예요. 안 그래요, 세르주?"

결국 그렇게 해서 막심 그레앙의 협박과 실비아의 잔꾀 사이에서 나는 옴짝달싹도 못하게 되었다. 달리 방법이 없었다. '에덴' 뒤에 숨은 것이 무엇인지 어서 빨리 알아내야 했다. 그러기 위해서는 실비아에게 전권을 위임하는 수밖에 없었다. 그것은 최악의 선택인 동시에 유일한 해결책이라는 것을 나도 알고 노라도 알고 있었다.

여전히 호텔 방에서 나는 모두로부터, 내가 가진 것들로부터, 나 자신의 인생으로부터 너무나 멀리 떨어져 나온 것 같은 느낌이다. 일이 너무 많고 출장도 너무 잦아서 나는 집을 자주 비울 수밖에 없다.

고랑, 이 저녁, 아빠는 네 질문에 무어라고 대답해야 할지 모르겠구나.

17

고랑▽4월 30일

바로 지금이다.

두렵다! 그러나 동시에 나는 그 어떤 때보다 더 큰 흥분을 느낀다. 이아니스가 준 튜브를 빛에 비추어 보지만 물처럼 투명한 액체 외에는 아무것도 보이지 않는다. 이것이 정말 나를 멜과 만나게 해 줄까 믿기지가 않는다. 만약 그렇게 된다면……. 다시 한 번 아빠가 늘 하던 얘기들이 머릿속을 맴돈다. 중독, 금단 증상, 약물 남용, 불법 침입과 약을 구하기 위한 각종 비행들, 폭력과 죽음……. 하지만 이건 다르다! 이건 진짜 마약이 아니다. 부작용도 없다고 이아니스가 말했다. 그리고 딱 한 번뿐이다! 나는 나 자신을 잘 안다. 스스로 멈출 수 있을 것이다!

어서! 머리 좀 그만 굴려라. 이제는 돌이킬 수도 없다. 할아버지 할머니에게서 돈을 훔쳤고, 약을 사러 제6구역에도 갔다…….
무엇보다 멜을 본 이후로 이제야 진정한 내 인생이 시작될 것 같다는 느낌을 떨쳐 버릴 수가 없다.

지금이다.

겁쟁이! 찌를 거야 말 거야……. 아, 주사는 너무 아픈데…….

18

마지막 경련이 끝나고 소년이 눈을 뜬다. 두 다리가 완전히 풀린 느낌이다. 바로 그때 어떤 손들이 그의 두 팔을 붙잡고 그의 몸을 부축해 준다.

부드러운 여자의 목소리가 들린다.

"어서 와요, 고랑 푸아레. 잠시 앉아서 천천히 심호흡을 하세요……."

고랑은 누군가 이끄는 대로 안락의자에 앉는다. 한참 동안 숨을 가다듬자 시야가 다시 선명해지고 어지럼증도 멈춘다. 두 사람이 그와 얼굴을 마주하고 있다. 완벽하게 아름다운 두 명의 젊은 여인들이다. 둘 모두 꼭 항공기의 스튜어디스 같은 미소를 머금고 있다.

"여기가 어디죠?"

소년이 묻는다. 평소와 다른 낮고 확신에 찬 목소리가 스스로에게도 낯설다.

"물론 이덴이지요."

두 명의 미녀가 합창하듯 대답한다.

"이덴이라고요?"

소년이 꿈꾸는 듯한 목소리로 따라 말한다.

"제가 일어날 수 있나요?"

"준비가 되었다고 생각되면요. 여기가 바로 당신 집이고 우리는 당신이 첫발을 내딛는 걸 도와주려는 거랍니다."

고랑은 일어나서 주위를 둘러본다. 그는 빛이 가득한 넓은 방에 있다. 방에는 칸막이가 없어 끝을 알 수가 없다. 온통 흰색이고 조용하다. 오직 두 여인만이 빛을 배경으로 도드라져 보인다. 갑자기 낯선 소리가 들리고, 고랑이 시선을 오른쪽으로 돌리자 거기 또 다른 여인들이 있다. 그들은 무(無)로부터 나온 남자를 맞이하기 위해 나타난 것이다. 그러자 똑같은 현상이 왼쪽에서도 일어난다. 이번에는 젊은 여인 한 명이 나타난다. 미소를 띤 두 명의 미소년이 그녀를 호위하고 있다.

"고랑 푸아레, 준비되셨나요?

두 명의 미녀 안내원이 묻는다.

"어…… 네!"

무슨 준비를 말하는지 잘 모르지만 어쨌든 소년은 대답한다.

그러자 갑자기 그의 주변에 하나의 세상이 솟아난다. 고랑은 언제 발을 들여놓았는지 모를 그 세상의 풍경과 소리, 향기에 완전히 빠져든다. 가슴은 지금까지 한 번도 느껴 보지 못한 편안함으로 부풀어 오르고, 두 눈은 방금 그의 눈앞에 태어난 도시를 둘러본다.

고랑은 넓은 광장에 있다. 그곳은 다양한 연령대의 남자와 여자들로 활기가 넘친다. 모두들 즐거운 모습이다. 고랑은 그곳의 아름다움에 마음을 빼앗긴 채 미소 짓는다. 거대한 순환 매표소 안에는 여러 명의 안내원들이 대기하고 있다. 주위에는 장미를 비롯해 흰색, 옅은 파랑, 노랑의 꽃나무들이 잔디밭에 심어져 있다. 잔디는 너무나 부드러운 녹색이어서 그 위에서 뒹굴고만 싶다. 저 멀리 첫 번째로 눈에 들어오는 건물들은 어마어마하게 큰 동시에 날렵한 느낌이다. 고랑이 고개를 들자 너무나 깨끗한 하늘에 눈이 시리다. 이렇게 파란 하늘은 한 번도 본 적이 없다. 갑자기 소년은 이토록 맑은 공기를 느껴 본 적도 없다는 것을 깨닫는다. 달콤한 산들바람이 그의 머리칼을 쓰다듬듯 어루만진다. 그 손길이 너무나 부드러워 소년은 기분 좋은 웃음으로 목구멍이 간질간질하다.

고랑은 눈을 감고 숨을 깊이 들이마신다. 기분이 좋다. 태어나서 한 번도 느껴 보지 못한 상쾌함이다. 그를 둘러싼 세계와 완전하게 하나가 된 듯한 황홀감이 밀려온다.

마침내 그도 함께 도착한 다른 사람들처럼 매표소로 향한다. 그곳에서 또다른 여자 안내원이 그를 미소로 맞이한다. 그녀의 눈은 봄철 막 돋아난 어린 새싹처럼 연한 녹색이고 머리칼은 활활 타오르는 숯처럼 붉다. 고랑이 그 아름다움에 넋이 나가 말을 못 듣자, 그녀는 다시 한 번 묻는다.

"고랑 푸아레, 누구를 찾고 있지요?"

"멜라니 그레앙."

안내원은 미소를 잃지 않은 채 빠르게 눈을 깜빡이더니 눈썹을 귀엽게 살짝 찌푸린다.

"멜라니 그레앙이라고요? 그런 사람은 못 찾겠는데요……."

"멜! 그렇지, 멜이요."

고랑이 곧바로 고쳐 말한다.

그러자 안내원은 원래의 편안한 표정을 되찾는다.

"멜이요. 물론……."

그러자 갑자기 고랑은 멜이 어디 있는지 알게 된다. 어떻게 된 일인지 이해할 수 없지만 고랑의 뇌는 방금 멜이 있는 곳까지 그를 안내하는 정보를 수신한 것이다. 고랑은 자기 안에 새로운 능력이 생겨난 느낌이다.

"자, 그러면……."

안내원이 그에게 말한다. 사람을 나른하게 하는 목소리다.

"고맙습니다."

대답은 그렇게 하지만 고랑은 어찌할 바를 몰라 발걸음을 내딛지 못하고 머뭇거린다.

그러자 안내원이 말한다.

"마음 가는 대로 하면 돼요. 고랑 푸아레. 당신이 하고 싶은 대로 하세요."

그제야 고랑은 이곳에서는 생각하고 행동하는 게 아니라 그저 하기만 하면 된다는 것을 알아차린다.

마침내 고랑은 무작정 걷기 시작한다. 그의 발걸음은 그를 원하는 곳으로 데려다 줄 것이다.

이곳에서는 누구도 서두르는 것처럼 보이지 않는다. 급하게 지면을 내딛는 발걸음 소리도, 신경질적으로 울려 대는 차들의 경적 소리도 들리지 않는다. 사람들은 모두 산책하듯 도시의 길들을 걸어다닌다. 사람들의 입가에는 가벼운 미소가 감돌고 그들의 눈빛도 조화를 이루고 있다. 값비싸고 호화로운 자동차들이 미끄러지듯 달리며 조용히 도로 위에 금색, 은색, 파스텔 톤의 행렬을 만든다.

고랑은 대로를 따라 걷는다. 길의 양 옆은 꽃나무들이 줄지어 서 있다. 산들바람이 일자 형형색색의 꽃잎들이 비처럼 내린다. 여기저기서 새들이 노래한다. 몇 마리는 하늘을 날고 또 몇 마리는 창가 혹은 지붕 가에 앉아 있다. 굉장히 큰 놈들도 있고 흰색 또는 앵무새처럼 알록달록한 놈들도 있다. 고랑은 걸음을 멈추고 벤치의 등받이에 앉아 있는 새들 가운데 한 마리를 자세히 본다. 주황색의 긴 꼬리가 땅에 닿을 듯 내려와 있다.

소년이 다시 걸음을 옮기자 이번에는 그를 보고 미소 짓는 소녀가 눈에 띈다. 잠시 뒤 한 무리의 십대 소녀들이 재잘대며 지나간다. 고랑이 뒤돌아서 소녀들을 바라보자 소녀들도 마찬가지로 뒤돌아 고랑을 본다. 얼마 뒤 같은 일이 또 반복된다. 그러자 고랑은 여기서는 자신도 소녀들에게 인기가 있나 보다고 속으로 생각한다. 평소에는 한 번도 여자아이들의 관심을 받아 본 적 없는 자신이지만 이덴에서는 여자아이들이 뒤돌아보는 존재인 것이다! 고랑은 가벼운 마음으로 계속 걷는다. 상가 지역을 지나 양쪽으로 식당들이 즐비한 거리를 가로지르니 영화관과 공연장 그리고 작은 골목들이 이어진 큰길이 나온다……. 고랑은 잠시 멈춰서 커다란 유리창에 비친 자신의 모습을 바라보고는 깜짝 놀란다. 그의 두 눈이 하늘만큼이나 새파랗다. 게다가 평소보다 키가 좀 더 크고 어깨도 더 넓어 보인다. 턱을 손으로 쓰다듬자 이틀은 기른 듯 빽빽한 턱수염이 서걱거리는 소리를 낸다. 욕실에서 아버지의 면도기로 자신의 솜털을 남자다운 수염으로 만들려고 씨름하던 장면이 떠올라 고랑은 씩 웃는다.

얼마 동안이나 걸었는지 알 수 없다. 고랑은 큰 공원에 다다른다. 공원 저 안쪽으로는 미모사꽃이 만발한 언덕 위에 커다란 집들의 윤곽이 보인다. 이곳에는 시간이 존재하지 않는 것만 같다. 말하자면 영원한 현재만 있는 것이다. 온전한 전체, 완벽한 조화. 삶의 모든 규칙들로부터 자유롭다……. 삶의 규칙들이라면 어떤 삶을 말하는 걸까? 지상에서의 삶? 혹은 실제의 삶? 자신이 어디에 있는지, 이아니스가 준 약이 자신을 어디로 인도했는지 알지 못한 채 고랑은 과거와 지금 이 순간을 가리킬 말을 고르지 못하고 머뭇거린다. 여기서는 그런 말들이 아무런 소용이 없는 것 같다. 그 말들은 너무 약하고 어울리지 않는다. 더 이상 그런 말들이 필요 없다.

고랑은 유쾌하게 공원을 가로지른다. 본능적으로 그는 어느 집을 찾아야 할지 알고 있다.

언덕 위에 다다르자 고랑은 황홀한 풍경에 몸이 얼어붙는 듯하다. 언덕 반대편으로 바다가 눈길이 닿지 않는 곳까지 평화롭게 펼쳐져 있다. 소금기 머금은 냄새가 폐를 파고들어 소년은 취할 듯 편안하게 가슴이 부풀어 오른다. 고랑은 어느 집 발치에 서 있다. 그는 알고 있다, 이 집의 벽 너머에 그가 며칠, 아니 몇 주간 그토록 원하던 존재가 있다는 것을. 심장이 놀랄 만큼 빠르게 뛰고 손이 떨리지만, 고랑은 새로운 확신이, 그 어떤 자신감이 생겨나 용기를 내어 초인종을 누른다.

가벼운 발걸음 소리가 들리고 고랑은 숨을 참는다.

현관문이 열리자 마침내 멜이 고랑 앞에 모습을 드러낸다.

소년과 소녀는 꼼짝 않고 서 있다. 숨소리만 들릴 뿐이다. 둘이 느끼는 감정은 고통스러운 동시에 달콤하며 거친 동시에 부드럽고 새로운 동시에 익숙한 그것이다. 그들은 서로의 눈을 바라보고 그 속에서 그들이 항상 찾아오던 것, 무엇인지는 알 수 없지만 바로 그것을 발견한다.

고랑이 중얼거린다.

"멜…… 나는……."

그러나 곧 입을 다물고 만다. 말이 필요 없다는 걸 깨달은 것이다. 멜이 미소 짓는다. 그러자 고랑은 아름다운 그녀 앞에서 자신의 존재가 작게만 느껴진다. 고랑도 멜에게 웃어 보인다. 그러자 멜은 자신이 사랑에 빠졌다는 것을 깨닫는다.

멜이 고랑을 향해 손을 내밀지만 그에게 와 닿지 못한다. 갑자기 고랑의 몸속에서 텅 빈 듯한 느낌이 생긴다. 멜이 내민 손이 너무나 멀게 느껴진다. 집도 언덕도 파란 하늘도 멀어지고 이제는 사방이 텅 비어 있다. 속이 뒤집히고 토악질이 나올 것만 같다.

19

고랑▽ 4월 30일

천국 뒤에는 지옥이다.

다시 정신이 들었을 때 나는 내 방 침대 위에 누워 있었다. 꼭 죽어 가는 느낌이었다. 어떤 손이 내 어깨를 잡고 흔들었다. 그리고 목소리가 들려왔다.

"어서! 이쪽으로!"

나는 숨을 쉴 수가 없었다. 두 손은 떨렸다. 땀이 비 오듯 나고 목구멍은 토할 듯 욱신거렸다. 내 다리는 누군가 이끄는 대로 변기 앞으로 가 무릎을 꿇었다.

"자! 어서 해. 그러면 훨씬 나을 거야."

페리의 목소리라는 걸 알아차리자, 나는 내 몸이 뒤집어져라 토

사물을 쏟아 냈다. 그러자 한결 나아졌다.

"됐어. 좋아."

나를 부축해 일으키며 페리가 말했다.

"너 여기서 뭐 하는 거야?"

아직도 떨리는 목소리로 페리에게 물었다.

페리는 일어나 화장실 밖으로 나갔다.

"몇 시간 동안 여기 있었어. 네 침대 발치에서 말이야. 고랑, 너 어떻게 이런 짓을 할 수 있니?"

대답하기 전에 나는 먼저 물로 얼굴을 씻었다.

"그녀를 봤어, 페리!"

"누구를 봤다고?"

"멜 말이야. 그 정치인의 딸. 그녀가……"

"멍청이."

"하지만 정말 그녀를 봤다고! 내가……"

"너의 멜은 브뤼셀에 있잖아. 주삿바늘을 꽂고 말이야! 그녀는 지금 코마 상태잖아."

"넌 몰라. 내가……"

"물론 알고 있어. 그것도 아주 잘. 너보다 더 잘 알고 있다고!"

나는 내 이야기를 계속하려고 했지만 페리가 말을 끊었다. 페리는 무척 화가 나 있었다.

"어떻게 내 등 뒤에서 이런 짓을 할 수가 있니? 난 우리가 모든 걸 이야기하는 사이라고 생각했어. 평생 친구라고 말이야. 피를 나눈 형제라고 생각했다고."

"하지만 페리, 너는……"

"어떻게 나 모르게 이아니스와 연락을 할 수 있니? 게다가 돈, 돈은 어디서 구한 거야? 어쨌든 너 알고는 있겠지, 고랑? 네가 무슨 짓을 했는지 잘 알고 있느냔 말이야!"

"페리, 내 말 좀 들어……"

"아냐. 네 말 안 들을 거야. 넌 마약을 했다고! 네가 말이야!"

"하지만 그건 진짜 마약이 아니야. 그건……"

"헛소리 집어치워! 그건 널 꾀려고 우리 형이 늘어놓은 감언이설이라고! 그게 마약이 아니라면 그것에 대해 네가 알고 있는 게 뭐야?"

"그러는 넌, 넌 뭘 알고 있는데?"

내가 맞받아쳤다.

"네가 뭐기에 나한테 그런 설교나 늘어놓냐? 그 물건에 대해 네가 다 알고 있기라도 해?"

"네가 생각하는 것보다는 훨씬 더 많이 알고 있지."

페리가 갑자기 기운이 빠진 목소리로 대꾸했다.

페리는 내 눈을 똑바로 쳐다보았다. 그 눈빛에서 크나큰 실망을 읽자 몹시 괴로웠다. 그래서 페리가 이렇게 말했을 때 나는 폭발하고 말았다.

"적어도 네 아버지를 생각했어야지."

"빌어먹을. 우리 아빠 얘기는 하지 마!"

나는 소리를 질렀다.

"이제 날 좀 가만히 둬! 내버려 두라고!"

"고랑, 너한테 말할 게 있어. 아주 중요한 거야. 내가……"

"날 좀 내버려 두라고 말했잖아! 너 귀먹었냐? 가. 꺼지라고!"

페리는 어금니를 꽉 물고 나를 쳐다봤다. 그러고는 문을 쾅 닫고 나가 버렸다.

나는 거실로 나가서 유리창 맞은편 아빠의 안락의자에 풀썩 주저앉았다. 아까 그런 경험을 하고 나니 내가 누구인지 혼란스러웠다. 완전히 녹초가 된 기분이었다.

다시 깨어났을 때 밖은 밤이었다. 아빠가 브뤼셀에 발이 묶였다는 노라의 전화 메시지가 와 있었다. 부엌 식탁 위에는 빈 쏭 부인이 내게 남긴 메모가 있었다. 내가 너무 곤히 자고 있어 깨울 엄두가 안 났으며 오븐 안에 먹을 것이 있다는 내용이었다. 적어도 세 시간은 잔 것 같다. 너무나 깊이 곯아떨어져 전화벨 소리도, 현관문이 열리는 소리도 듣지 못했다. 꿈도 꾸지 않은 채 죽은 사람처럼 잤다.

이번에는 마음이 괴로웠다. 너무나 기운이 빠졌다. 다시 거실로 돌아와 유리창을 열고 집 안에 공기가 들어오도록 했다. 악취가 코를 찔렀다. 다른 사람들처럼 나 역시 오랫동안 이 악취에 익숙해져서 평소에는 신경조차 쓰지 않았었다. 하지만 오늘 오후 내가 맡았던 깨끗한 공기의 기억 때문에 이제는 파리의 공기가 참을 수 없게 느껴졌다. 굵은 빗줄기가 내리고 주황빛의 하늘에는 불길한 구름들이 떠가고 있었다. 생전 처음으로 도로 위로 차들이 달리는 소리가 무시무시한 굉음으로 느껴졌다. 게다가 몸이 천근만근이었다. 마치 다른 사람의 몸을 빌린 양 어색하고 둔하고 무거웠다. 무엇보다도 배에서 쥐어짜는 듯한 통증이 느껴졌다. 꼭 열이 날 때처럼. 기대감, 후회, 공허가 뒤범벅된 느낌. 배고픔과 비슷했다. 다만 냉장고를 열어도 해결되지 않는다는 게 차이라면 차이였다. 내 정신과 육체에, 멜이 나에게 손을 내밀던 그 순간이 깊게 아로새겨져 있다. 그녀와의 접촉이 내게는 너무나 간절하다. 그녀의 살이 내게 와 닿는 것을 느끼고 싶다. 그녀의 온기를, 그녀의 부드러움을 느끼고 싶어 미칠 지경이다. 잠재울 수 없는, 그러나 이룰 수 없는 이 욕망이 나를 괴롭힌다. 나를 병들게 하고 내 모든 이성을 앗아가 버린다. 멜이 너무나 그립다.

더 이상 생각하지 않고 나는 할아버지 할머니가 거래하는 은행 사이트에 접속했다. 이번에는 걸리지 않기 위해 조심하는 일 따위는 안중에도 없었다. 비밀번호가 바뀌었다. 하지만 삼십 분 후(내 컴퓨터는 학교 컴퓨터만큼 좋지 않으니까) 나는 또 한 번 해킹에 성공했다. 그리고 이아니스가 가르쳐 준 익명의 계좌로 1800유로를 송금했다. 나는 이아니스에게 메일을 보내 가능한 한 빨리 만나자고 했다.

20

고랑▽5월 1일

나는 끝까지 가 버렸다. 내 두 눈으로 세상의 밑바닥을 보고야 말았다.

오후 여섯 시의 샤르트르에서는 이아니스마저 악당이 아니었다. 이번에는 정말로 무서웠다. 극도의 폭력과 증오가 이 불안한 정글을 뒤덮고 있었다. 거리 모퉁이마다 자리 잡은 젊고 늙은 창녀들, 등골이 오싹한 갱들, 스릴이나 펄프X를 복용한 것이 확실한 십대들, 구역질 나는 거지들……. 대성당 안은 마약을 구하려는 중독자들과 마약 판매상들, 중개인들, 각종 행상들로 들끓었다. 그야말로 통제 불능의 세계, 법도 질서도 없는 공간이었다.

이아니스는 서둘러 그곳을 떠나고 싶어 했다. 그 나쁜 자식은 나한테 두 번 분량밖에는 주지 않았다. 지난번에는 친구여서 싸게 준 거라고 하면서. 이제는 튜브 하나당 800유로라는 것이다. 집에 돌아와서야 나는 그 자식이 200유로를 그냥 먹었다는 걸 알아차렸다. 빌어먹을. 하지만 나는 더 이상 기다릴 수가 없었다. 어서 이 끔찍한 삶에서 탈출하고 싶었다. 멜이 있는 아름다운 세상으로 돌아가고 싶었다.

나와 헤어지기 전에 이아니스는 연속해서 약을 할 때는 적어도 열두 시간의 간격을 둬야 한다고 경고했다. 괜찮다. 지금은 밤 열한 시다. 내게 손을 내민 채 멜이 사라진 뒤 하루라는 시간이 지났다.

21

세르주▽5월 2일

점점 잠을 이루기가 힘들다. 점점 더 예민해지고 지쳐 간다. 브뤼셀의 아즈-뷔브에 마련한 연구실에서 실비아와 이틀을 보냈지만 불안감을 떨칠 수가 없다. 오늘에야 나는 문제의 이덴에 대해서 좀 더 분명하게 알게 되었다. 이 점에서 적어도 실비아는 나를 속이고 있지 않았다.

이틀 전 실비아가 요청한 장비들을 갖춰 주자 그녀는 곧바로 작업에 들어갔다. 사실 나는 조금 놀랐다. 실비아가 어떻게든 시간을 벌 궁리를 하리라고 예상했기 때문이다. 하지만 오히려 그 반대였다. 즉시 실비아는 비즈니스우먼 같은 차림을 던져 버리고 가운과 안경을 걸친 과학자의 모습으로 변했다. 또다시 변신한 것이다. 나와 함께 그녀를 감시하는 벨기에 경찰들도 자신들의 눈을 믿을 수가 없다는 눈치였다. 그래서 나는 다시 한 번 벨기에 경찰들을 주의시켜야 했다. 과학자의 모습을 하고 있더라도 실비아는 여전히 공공의 적이다. 근무수칙 1조. 절대 놀라거나 감동하지 말 것. 근무수칙 2조. 한 순간도 그녀를 눈에서 놓치지 말 것.

근무수칙 1조에도 불구하고 오늘 밤 나는 그녀의 노력에 감동했다는 것을 인정할 수밖에 없다. 그녀는 지난 이틀의 대부분을 '채소 시장'과 같은 층에 마련된 비좁은 실험실에 머물며 목적을 알 수 없는 각종 분석을 했다. 게다가 여러 명의 환자들을 대상으로 꿈 분석기 검사를 실시했는데 나로서는 그 기계가 보통의 심전도와 어떻게 다른지 알 수 없었다. 그녀가 일하는 동안 나는 비서처럼 옆에 딸린 쪽방에 대기하고 있었다. 그곳에서 나는 자료들과 씨름하고 벨기에 쪽 동료들과 토론하고 병원 관계자들과 대화를 나누고 무엇보다 내 아름다운 포로에게서 눈을 떼지 않았다.

그러다가 방금 전, 피로로 무겁게 내려앉는 눈꺼풀과 사투를 벌이고 있던 나는 실비아로부터 놀라운 이야기를 들을 수 있었다. 그리고 그녀에게 우리를 이 미궁으로부터 꺼내 줄 능력이 있다는 사실을 다시 한 번 확인했다.

자정쯤 실비아는 연구실에서 나왔다. 완전히 녹초였다. 목에는 안전용 고글을 두르고, 머리는 헝클어지고, 가운의 옷깃은 활짝 젖혀진 채였다(나는 그 사이로 '기차화통' 이 여전히 제자리에 있는 걸 확인할 수 있었다). 그녀는 천천히 다가오더니 더러운 나무 책상에 걸터앉았다. 여전히 재미있어 죽겠다는 그 눈길로 나를 찬찬히 살펴보면서 그녀는 주머니에서 담배 한 개비를 꺼내 불을 붙였다. 그러고는 선심 쓰듯 내게 그녀의 강의를 들려주었다. 덕분에 나는 문제의 약물에 대해서 모든 것을 알게 되었다.

"그러니까 말이죠, 세르주……."

그녀는 한 모금의 담배 연기를 천장으로 뿜어내며 입을 열었다.

"그러니까 뭐야, 당신의 '에덴' 이라는 것이?"

경계하며 내가 대꾸했다.

"그래요, 당신이 말한 것처럼 나의 이덴은요……"

"그래, 이덴은……"

"지금까지 알고 있던 모든 마약들은 다 잊어버려요. 펄프X, 하이코크, 드라큘라 같은 마약들은 말이에요. 그런 것들은 다 쓰레기니까요……. 이번 물건과는 아무런 관계가 없어요. 유일한 공통점이 있다면 그건 약을 복용하는 방법뿐이겠죠. 주사기를 사용하니까. 하지만 그 나머지 부분에 있어선 전혀 달라요."

그녀는 이상한 미소를 지어 보였다. 그러고는 내게 물었다.

"'이덴(E-den)' 의 E가 뭘 의미하는지 짐작할 수 있겠어요?"

"뭐, E?"

"네, E 말이에요. e-mail, e-business 할 때처럼요. 그러니까 e-drug라고 할 수 있겠네요. 세르주. 저기 누워 있는 사람들을 저렇게 만든 건 바로 최초의 전자 마약(drug electronic)이란 말이죠. 아직까지 상품화되지 않은……."

그녀의 말을 듣자 나는 순간 머릿속이 핑 돌았다. 그것은 공포에 가까웠다. 전자 마약이라니…… 도대체 무슨 말을 하고 있는 건가?

"당신들이 주사기에 남아 있던 성분을 분석한 결과로 무얼 알아냈죠?"

"별것 아니야. 그저……"

"합성단백질을 찾아냈지만 그 용도가 무엇인지는 알아내지 못했겠죠?"

"그래. 어떻게 그걸……."

관련 자료들을 준 적도 없는데 그녀는 어떻게 금방 그걸 알아냈을까? '식물인간' 들의 차트에는 단백질에 대한 언급조차 없다. 아직 성분 분석 중에 있기 때문이다. 그런데도 실비아는 많은 걸 알고 있었다. 역시 내 기대가 틀리지 않았다.

"단백질이 어디에 쓰이는지 제가 말씀해 드리죠. 간단해요. 단백질의 용도는 단 하나, 우리 몸의 각 기관들이 보내오는 감각 정보들을 조절하는 중추인 뇌의 그물조직을 마비시키는 거죠. 뇌의 그물조직이 활성화되어 있으면 우리의 의식은 깨어 있게 되죠. 그물조직의 활동이 둔화되면 우리는 졸음을 느끼게 돼요. 어떤 사람들은 이 단계에서 환각상태에 빠지기도 하고요. 이 부분을 완전히 마비시키면 그땐 최면 상태에 빠지거나 아니면…… 코마 상태가 되는 거예요……."

"그러니까 당신 말은 이 사람들이 단지 코마 상태에 빠지기 위해서 합성단백질을 주사했단 말인가?"

"물론 그건 아니죠. 이 사람들은 다른 약물중독자들과 똑같은 목적에서 주사기를 찌른 거예요. 자신을 둘러싼 세계에서 도망치기 위해서요……. 세르주, 바로 그 점에서 이덴이 지금 통용되고 있는 다른 모든 마약들보다 월등하다고 할 수 있지요. 보통 마약처럼 환각상태로 가기 위한 과정, 그러니까 세상이 빙빙 돈다거나 온갖 색깔의 빛이 보인다거나 정신착란에 빠진다거나 날아가는 듯한 기분을 거칠 필요가 없지요. 이덴은 곧바로 전혀 다른 세계를 선사하니까요. 너무나 멋진 세계, 우리의 현실과 비교할 수 없을 만큼 아름다워서 결코 다시 이 세상으로 돌아오고 싶지 않은 그런 곳!"

나는 믿을 수 없다는 듯 얼굴을 찡그렸다.

"단순히 단백질만으로 그럴 수 있을까? 그렇다면 단백질이 코마 말고 또 다른 증상을 초래할 수는 없는 거야?"

"전혀요. 이덴의 핵심은 단백질이 아니에요. 사실 일단 처음으로 그걸 복용하고 난 뒤에야 모든 일이 일어나는 거죠. 그래서 이 약물을 가히 악마의 약이라고 할 수 있는 거예요. 일단 한번 하게 되면 바로 중독이……"

나는 공포에 질려 머리를 흔들었다. 단 한 번 복용으로 곧바로 중독이 되다니. 그야말로 악마의 약이라고밖에는……. '한번 맛만 보거나' '어떻게 되나 궁금해서 살짝 해 보거나' 또는 '다른 사람들 따라서 재미로 한번' 등등, 마약 중독자들이 흔히 대는 핑계가 아예 불가능한 것이다. 단 한 번만으로 단 한 번의 복용만으로 그 뒤로는 결코 벗어날 수 없게 되는 것. 가공할 공포다.

등줄기에 땀이 흘렀다. 여기는 30명 남짓한 희생자들이 있지만 얼마나 많은 사람들이 이미 이덴에 손을 댔으며 그 결과 코마의 위협에 노출되었을까?

"처음 한 방으로 어떻게 되는데? 도대체 그 안에 무슨 더러운 것들이 들어 있냐고?"

실비아는 무거운 표정으로 나를 쳐다보더니 낡아서 거무스름해진 실린더에 담배를 비벼 껐다.

"로봇……."

나는 그때까지 앉아 있던 삐걱거리고 불편한 의자에서 벌떡 일어섰다.

"뭐라고?"

"더 정확하게 말하자면 나노봇이라고 할 수 있겠죠. 뉴런 크기의 로봇. 무슨 말인지 알겠어요?"

"아니, 잘 모르겠어. 그저 눈에 보이지 않는 것이라고 짐작할밖에는……."

나는 실비아가 하는 말을 잘 이해할 수도, 믿을 수도 없었다. 하지만 계속해서 들어야만 했다.

"그렇다고 할 수 있죠. 간단히 말하자면 백 분의 일 미크론* 크기를 넘지 않는, 그야말로 테크놀로지가 만든 작은 보석들이라고나 할까."

"무엇에 쓰는 로봇이지?"

불안이 서서히 나를 엄습해 왔다. 실비아 특유의, 스포이트처럼 정보를 하나씩 하나씩 흘리는 방식으로 그녀는 다시 한 번 자신이 가장 좋아하는 오락거리를 즐기고 있다. 나를 가지고 노는 일 말이다.

"처음 복용하는 이덴에는 20개 남짓한 나노봇이 들어 있어요. 때론 그보다 더 있을 수도 있고요. 각각의 나노봇은 세심하게 프로그램되어 있어요. 일단 피 속에 주입되면 알아서 뇌까지 올라가

* 백만 분의 1미터.

지요. 각각의 나노봇은 모두 다른 역할을 가지고 있지요. 어떤 것들은, 온도, 통증, 촉각 등의 감각 정보를 여과하는 뇌의 부분인 시상**에 고착되기도 하죠. 또 어떤 것들은 망막 정보를 처리하는 일차적 시각 영역에 넓게 퍼져 나가죠. 다시 말해서 우리 눈을 담당하는 거예요. 다른 것들은 청각 영역을 맡고. 그렇게 해서 우리의 감각 기관을 점령하는 거죠. 그런 뒤 기다리는 거예요."

"기다리다니, 뭘?"

"합성단백질이 제 일을 하기를 말예요. 그물조직을 마비시키고 그렇게 해서 약물을 복용한 사람이 인공적인 수면 상태에 빠지게 되기를요. 그럼 그때부터 나노봇들이 움직이는 거지요. 나노봇들은 발신자-수신자, 전달자 등의 역할을 하면서 말 그대로 우리 뇌를 가상 정보들의 포화상태로 만드는 거예요. 그러는 동안 이덴을 복용한 사람은 잠을 자는 것이 아니라 정말 다른 곳에 '존재'하게 돼요. 나노봇들이 모든 감각 기관을 통제하니까요. 가상현실 게임에 빠져 있을 때와 비슷하죠. 하지만 가상현실 게임을 하려면 특수한 옷과 장갑, 파노라마 안경, 오디오헬멧 같은 장비를 갖춰야 하지만 이건 완전히 그 자체가 된다는 점에서 다르죠."

"이제 이해가 좀 되는 것 같군……. 그러니까 로봇들이 가상현

** 뇌의 5개 부분 중 하나인 간뇌의 대부분을 차지하는 주요 구조이다. 시상에는 두 가지 중요한 기능이 있다. 시상은 각종 수용기로부터의 신경 충격을 대뇌피질로 전달하는데, 그곳에서 신경 충격은 깨어 있는 동안 촉각, 통증, 온도 등의 적절한 감각으로 경험된다. 또한 시상은 휴지상태 중에는 스냅스 전달, 즉 들어오는 충격을 조절하는데, 이러한 조절은 긴 휴지기 이후에 오는 폭발적인 신경 충격을 분산시킴으로써 이루어진다.

실 게임의 장비들 역할을 한다는 거군. 다만 이 장비들은 게임을 하는 사람의 뇌 속으로 직접 파고든다는 거고…….”

“정확하게 봤어요, 세르주. 그 결과 더욱 생생하게 느낄 수 있는 거죠. 장비를 갖출 필요도 없고 또 특정한 장소를 찾을 필요도 없으니까요. 이 약을 사면 그 게임을 즐길 수 있는 거예요.”

“그렇지만 처음 한 번을 제외하고 그 다음부터는 약에 로봇이 들어 있지 않겠군, 그렇지?”

“맞아요. 그 다음부터는 그저 단백질만 들어 있을 뿐이에요. 단백질이 의식을 잠재워 이 초소형 장난감들이 신호를 주고받을 수 있도록 하는 거죠.”

“당신 말을 듣자니 저기 잠들어 있는 사람들도 지금 다른 세계에서 게임을 즐기고 있다는 얘긴데, 맞나?”

“저들은 코마 상태니까, 그들은 영원히 다른 세계 속에 존재한다고 봐야죠. 맞아요. 하지만 나는 게임이라는 표현이 적절하지 않다고 생각해요. 아무리 정교하더라도 보통은 게임을 하는 사람이 원한다면 그만둘 수 있죠. 파노라마 안경을 벗는다든지 뭐 그런 식으로 말이에요. 하지만 이덴에선 그만두기 위해 아무것도 할 수 없어요. 의식의 차원에서 완전히 분리되어 당신은 다른 곳에 있게 되는 거예요. 우리가 꿈을 꿀 때 그 순간은 꿈이 마치 현실처럼 느껴지듯이 말이죠……. 개인적으로 나는 한 번도 해 본 적은 없지만…….”

그녀의 입에서 나온 이 모든 이야기는 너무나 충격적이었다.

“당신이 말하는 그 다른 곳, 그 다른 세계는 도대체 뭐지?”

“저도 확실히는 모르겠어요……. 일종의 구조화된 가상 세계로, 그것을 움직이는 프로그램은 나노봇 안에 심어져 있어요. 나노봇들을 움직이는 메인컴퓨터가 있어서 정보들을 조작해서 보내죠. 이덴에 있는 사람들이 스스로 완벽하게 다른 사람이 되어 살고 있다는 느낌을 가질 수 있도록, 모든 것들을 아귀가 착착 들어맞게 구성하는 일을 하는 거예요.”

“젠장. 수천만 명의 사람들을 노릴 만큼 어마어마한 프로젝트군!”

내가 중얼거렸다.

실비아는 어느새 특유의 비웃는 듯한 미소를 되찾았다.

“내 생각에 저들은 투자한 돈을 훨씬 뛰어넘는 즐거움을 얻었을 것 같네요.”

나는 자리에서 일어났다. 방금 그녀의 말이 무슨 의미인지 생각했다. 그러자 한 가지 의문이 들었다. 그녀는 고작 이틀을 연구실, 그것도 임시방편으로 만든 곳에서 일했을 뿐인데 어떻게 이 모든 것들을 속속들이 다 알 수 있었을까?

나는 그녀를 향해 돌아섰다. 그러곤 양손을 허리에 대고 목을 꼿꼿이 세운 채 물었다.

"대체 어떤 미친 작자가 이렇게 끔찍한 생각을 해 냈을까?"

그녀의 얼굴 가득 미소가 번졌다.

"나요……."

22

이번에 고랑 푸아레는 이덴의 아름다운 풍경을 보느라 시간을 지체하지 않는다. 그는 서둘러 걷는다. 너무나 빨리 걸어 그 자신은 빠르게 걷는다는 사실도 모를 지경이다. 오직 앞으로 벌어질 일만을 생각하며 주위의 모든 것을 빠르게 지나쳐 버린다. 모르는 사이 그는 길들을 한달음에 뛰어넘고 있다. 커다란 대로가 0.1초 만에 스쳐 지나간다. 약간 어지럽다고 느낄 뿐, 소년은 이내 멜라니 그레앙이 살고 있는 동네가 자리 잡은 언덕 발치에 있다. 눈길을 돌리자 어느새 그녀의 집 문 앞이다.

문을 열어 준 것은 멜이 아니다. 그녀와 닮은 중년의 부인이다.

"어…… 안녕하세요, 저는……"

"고랑 맞지?"

부인이 대답한다.

"들어오렴. 멜라니가 네 애기를 많이 했단다."

어리둥절해하며 소년은 집 안으로 들어선다. 넓은 계단 위쪽에 멜의 모습이 나타난다.

"그럼 나는 이만."

부인은 이렇게 말하고는 당혹해하는 고랑의 시선을 받으며 사라진다.

순간, 아무런 발소리도 듣지 못했는데 어느새 멜은 계단을 내려와 고랑의 곁에 있다.

"누구……."

"우리 엄마야."

소녀가 대답한다.

"하지만 너네 엄마는……."

고랑은 차마 물음을 끝맺지 못한다. 자신을 향해 미소 짓고 있는 멜의 두 눈은 다 잊어버리자고 말하고 있는 것만 같다. 막심 그레앙이 자기 아내는 이 년 전에 세상을 떠났다고 말하는 걸 정말 들었던가. 고랑은 더 이상 자신을 믿을 수 없다. 더 이상 아무것도 확실하지 않다. 어디에 있는지, 자기 자신이 누구인지조차도. 몸에서 전율이 느껴지고 두 다리의 힘이 풀린다. 그의 두 눈은 소녀의 두 눈 속에 완전히 빠져들고, 달콤한 흥분이 심장으로부터 그의 몸 가장 작은 세포에까지 전해진다. 멜이 손을 내민다. 이번에는 고랑이 그 손을 잡는다. 그의 내면에서 지금까지 모르던 감정이 폭발한다. 지금까지 살면서 경험한 그 어떤 것보다 강렬한 감정이다. 고랑은 짧은 숨을 토한다. 모르는 사이 멜이 그에게 바짝 다가와 있다. 소년과 소녀는 포옹한다. 멜은 고랑보다 키가 작아서 그녀의 볼이 두 눈을 감은 소년의 가슴과 맞닿는다.

이 순간부터 둘에게는 하나로 뒤섞인 체온만이 존재할 뿐이다. 두 개의 심장은 같은 박자로 고동친다. 지금까지 경험한 적이 없을 만큼 빠르게 뛰고 있다. 그렇게 멜과 고랑은 서로의 품 안에서 그대로 영원히 멈춰 있을 수 있을 것만 같다.

둘은 어느새 밖에 있다. 밖에는 또 다른 기쁨이 있다. 서로의 손을 잡고 산책하는 소박하고 달콤한 기쁨. 멜과 고랑의 눈에 비친 이덴은 그 어느 때보다 아름답다.

소년은 멜이 이끄는 대로 따르고 소녀는 기쁜 마음으로 안내자가 된다. 소녀는 소년에게 자신이 좋아하는 장소들을 보여 준다. 한가롭게 쏘다니곤 하는 거리들, 엄마와 함께 들어가 물건을 잔뜩 사서 나오곤 하는 상점들, 조용히 앉아서 새들이 지저귀는 소리를 듣는 광장. 얼마 뒤 소녀는 소년에게 생각만으로 공간을 이동하는 법을 가르쳐 준다. 그리고 그 둘은 함께 경이로운 곳들을 돌아다닌다. 마지막으로 소녀는 그녀가 늘 들르곤 하는 레스토랑으로 소년을 데려간다. 영원한 봄의 태양이 보내는 따사로운 햇살 아래 테라스에 앉은 고랑과 멜은 서로의 눈 속에 빠져 있다. 누군가 식사를 가져다준다. 고랑은 배고프지 않지만 기꺼이 먹는다. 이곳에서는 욕구를 느끼기 전에 미리 모든 것들이 해결된다는 것을 깨닫는다.

"돌아갈 생각은 안 해 봤어?"

소년이 소녀에게 묻는다.

"돌아가다니?"

소녀가 눈살을 찌푸리며 대답한다.

"글쎄……. 아빠가 보고 싶지는 않니?"

멜은 고랑이 무슨 얘기를 하는지 전혀 모르겠다는 표정이다.

"난 아빠가 누구인지도 모르는걸!"

멜이 대답했다.

"그렇지만……"

"하긴, 종종 아빠 꿈을 꾸기는 해. 하지만 늘 악몽이야."

고랑은 방금 자신이 들은 말을 이해하는 것이 두려워진다.

"내 꿈에서 나는 아빠와 더럽고 시끄러운 세상에 살고 있어. 우리는 끊임없이 말다툼을 하지. 넌 이런 악몽 꾼 적 없니?"

"별로."

대답하면서 고랑은 마음이 아파 온다.

"오히려 나는 지금 여기와 같은 곳에 대해 꿈꾸곤 해."

고랑은 멜이 현실과 그녀가 살고 있다고 믿는 세계를 분간하지 못한다는 것을 알아챘다. 그녀에게 현실, 곧 그녀의 과거는 악몽에 불과하다. 갑자기 지금 느끼는 유쾌함이 불편하다. 그는 의심하는 눈길로 주위를 둘러본다. 무엇보다 의식 없이 침대 위에 늘어져 있던 소녀의 모습이 다시 떠오른다. 하지만 지금 그녀는 테이블 맞은편에서 너무나 생생하게 웃음 짓고 있다. 고랑은 혼란스럽다. 자신이 알고 있는 것들이 다 의심스럽다.

갑자기 고랑의 얼굴이 굳어진다.

"무슨 일이야?"

멜이 불안한 듯 묻는다.

"방금 본 게……."

조금 전 본 사람이 그늘 밖으로 나오자 고랑은 확실하게 자기 엄마를 알아본다. 고랑은 곧바로 고개를 돌려 엄마가 자기를 보지 못하도록 한다.

"누구? 누구를 봤다는 거야, 고랑?"

멜이 묻는다.

"우리 엄마."

"너희 엄마? 어디? 정말 잘됐다. 나도 만나 보고 싶어. 너……"

"절대 안 돼! 엄마가 내가 여기 있는 걸 보면 안 된단 말이야."

"왜 안 되는데?"

곁눈질로 고랑은 엄마가 자신을 못 본 채 지나가는 걸 확인한다. 엄마는 한 남자와 팔짱을 낀 채 멀어져 간다. 한참을 바라본 뒤에야 그게 새아빠란 걸 알아차린다. 새아빠의 외모가 너무나 멋있어져서 몰라본 것이다.

"가자."

기분이 언짢아진 고랑이 일어나며 말한다.

자신의 엄마도 이젠 복용자라는 사실, 마약을 하고 있다는 사실에 충격을 받은 소년은 다시 현실로 돌아온다. 순간 이 가상의 세계가 더 이상 매력적이지 않다. 고랑은 지나가는 사람들에게서, 그리고 멜과 그 자신에게서조차 현실 세계의 생기를 잃어버린 육신을 볼 뿐이다.

"고랑, 무슨 문제라도 있어?"

멜이 그를 따라 거리로 나오며 묻는다.

"문제라고?"

소년이 빈정거리는 어조로 되받는다.

"문제가 뭐 있겠어? 우리는 단지 존재하지 않는 세계에서 존재하지 않는 사람들에게 둘러싸여 산책이나 하고 있는데 말야. 저

새? 가짜야. 저 자동차? 가짜지. 멜 너 역시! 이 순간 진짜 너는 브뤼셀의 병원에 있다고! 나? 나는 파리의 내 방에 널브러져 있고. 다 가짜라고! 실제론 없단 말이야."

멜이 뒤로 물러선다.

"도대체 무슨 말을 하는 거야?"

"내가 무슨 말을 하는지 네가 잘 알고 있을 텐데, 멜."

고랑이 차갑게 말했다.

정말이지 멜은 소년이 무슨 말을 하는지 모르겠다. 아주 오래전에 묻어 두었던 기억의 그림자처럼 그저 어렴풋이 짐작이 갈 뿐이다. 고랑이 한 말들이 멜의 내면에 익숙한 무엇인가를 불러내었지만 그것이 정확히 무엇인지는 알 수 없다. 한편으로 고랑의 말들은 그녀를 괴롭힌다. 그녀가 결코 알지 못하는, 그러나 너무나 생생한 악몽으로 기억되는 아버지를 떠올리게 하기 때문이다.

보도 위에서 두 젊은이는 아무 말도 없이 서로 마주 보고 있다. 소녀의 얼굴 위로 불안이 번진다. 그 모습마저 아름답다. 그러자 고랑은 화가 조금씩 누그러지는 것을 느낀다.

"미안해. 너무 날카로워졌나 봐. 더 이상 내가 어디에 있는지도 잘 모르겠어."

한숨을 쉬듯 고랑이 내뱉는다.

멜은 찡그렸던 이마를 다시 펴고 고랑에게 미소를 지어 보인다.

하지만 애써 짓는 미소다. 고랑의 말을 들은 다음 멜의 마음에 의심이 싹튼다. 멜은 고랑의 손을 잡는다. 그러자 곧 다시 안심이 된다.

멜이 고랑에게 말한다.

"어서! 너한테 보여 줄 게 있어."

저녁 빛 속의 퍼니 아일랜드는 고랑이 지금까지 본 적이 없을 만큼 황홀한 풍경이다. 빛과 음악, 즐겁게 이야기 나누는 사람들. 취할 듯 달콤한 향기……. 고랑과 멜은 모든 놀이들을 다 해 본다. 둘이 함께여서 즐겁다. 노느라 지친 소년과 소녀는 섬의 외딴 곳을 향한다. 만을 감싸안으며 장엄하게 지는 낙조를 보며 고랑의 가슴은 희열로 벅차오른다. 멜은 바닷가 한켠에 있는 나무로 된 작은 정자 밑으로 고랑을 이끈다. 음악과 웃음소리가 뒤로 멀어지고 부서지는 파도 소리로 평온한 밤이 시작되는 듯하다. 저 멀리 야생의 새들이 평화롭게 비행하며 바다 위로 커다란 원을 그린 뒤 육지를 향해 줄지어 날아간다.

고랑과 멜 둘뿐이다. 그들은 서로를 향해 마주 선다. 순간 둘은 너무도 강렬한 눈빛으로 서로를 바라본다. 깨닫지 못하는 사이 그들은 서로 입술을 포갠다. 고랑은 두 눈을 감고 숨을 참는다. 자기 입술에 닿은 멜의 달콤한 입술을 더 잘 느끼기 위해서다. 너무도 강렬한 행복감이 그의 몸을 관통하며 전율하게 한다. 그러나 그 느낌은 이내 사라진다. 갑자기 멜의 입술에서 느껴지는 달콤함이 약해지더니, 감았던 눈을 뜨자 주위는 온통 새하얗다. 창자가 뒤틀릴 것처럼 토악질이 치밀어 오른다.

23
고랑▽ 5월 2일

화장실까지 가지도 못하고 나는 복도 바닥에다 토하고 말았다. 왜 돌아오는 길은 이토록 힘들어야 하는 걸까? 세상이 끝나는 것 같은 느낌, 꼭 죽는 것 같은 느낌이다. 왜 언제나 행복에 도달하려는 바로 그 순간에 현실로 돌아오게 되는 걸까? 이아니스에게서 두 번 분량을 사서 다행이다. 멜이 아주 가까운 곳에 있다. 주사기만 찌르면 된다.

그녀를 기다리게 할 수 없다…….

24

세르주▽5월 2일

막심 그레앙의 개인 비행기가 구름 위를 날고 있다. 이 비행기는 코펜하겐으로부터 돌아오는 길이다. 내가 굳이 그곳까지 갈 필요는 없었는데…….

솔직히 말하면 오히려 다행이다 싶었다. 여전히 의심스럽긴 하지만, 실비아가 내게 알려 준 정보들을 토대로 이제야 비로소 수사가 진전될 수 있으리란 기분이 들었다. 물론 앞으로 풀어야 할 문제들도 태산이다. 우선, 실비아는 코마에 빠진 사람들을 깨어나게 하는 방법에 대해선 입을 다물었다. 게다가 이덴의 배후에 있는 조직에 대해선 어떤 단서도 흘리지 않았다. 그렇지만 적어도 수사를 제대로 할 수 있는 정보를 갖게 되었다. 예컨대 실비아가 말한 나노봇을 하나만 확보하게 된다면 그것을 만든 자들이 누구인지, 또 조종하고 있는 자들이 누구인지 추적할 수 있을 것이다. 설령 모든 걸 기획한 거대한 세력과 대면하지 못할지라도 적어도 그들의 더러운 거래를 방해할 수는 있을 것이다. 우리의 수사가 저들을 불편하게 하면 할수록 그들은 수사를 방해하려 할 테고 그러는 사이 적어도 희생자들의 숫자를 조금이나마 줄일 수 있을 것이다. 바로 그런 믿음 때문에 나는 이 직업을 선택했고 지금까지 최선을 다해 온 것이다.

오늘 아침 브뤼셀의 병원에서 일어나자 나는 곧바로 창문 하나 없이 감옥 같은 실비아의 방으로 향했다. 그리고 방문을 요란하게 두드려 그녀를 깨우는 즐거움을 누렸다. 실비아는 침대에서 게으름 피우는 걸 좋아한다. 그녀가 가진 몇 가지 깜찍한 단점들 중 하나인데, 그녀는 정말이지 늦잠을 방해받는 걸 제일 싫어한다. 유치한 행동이란 건 잘 알지만 그래도 무척 고소했다.

실비아가 투덜거리는 소리가 들렸다. 나는 미소 지으며 욕실로 향했다. 그때 내 전화기가 울렸다. 유럽 연방 향정신성약품 수사국이었다. 간단히 말하자면, 관련 수사 조직들 중에서도 가장 높은 조직인 그곳의 본부장이 오늘 정오에 코펜하겐의 사무실에서 나를 기다린다는 것이다.

시간이 별로 없었다. 나는 서둘러 노라에게 전화를 걸어 빨리 브뤼셀로 돌아오라고 말하고 벨기에 측 경찰에게 헬리콥터든 뭐든 최대한 빨리 나를 코펜하겐으로 데려다 줄 수단을 마련해 달라고 요청했다. 그러고 나서 가방에 서너 가지 서류들을 쑤셔 넣은 다음 브뤼셀을 떠났다. 만약의 경우를 대비해서 나는 실비아를 그녀의 방 안에 가뒀다. 노라가 이곳에 도착하는 대로 풀어 줄 것이다. 아무리 교활한 실비아라 해도 지금은 우리를 따돌리고 도망칠 수 없을 것이다.

이번 수사와 관련해 최고 책임자인 홀브루크의 사무실에는 정각에 도착했다.

홀브루크는 키가 나보다 약간 큰 거구의 남자로, 꼭 싸구려 옷으로 몸을 꽉 조인 스모선수 같은 인상을 주었다. 하지만 결코 우습게 볼 인물이 아니었다. 말하자면 거대한 폭풍 속에 잠긴 카토가 같은 분위기를 풍긴다고나 할까…….

나와 마주 앉자마자 그는 그 작고 파란 눈으로 나를 쏘아보았다. 그 다음에 이어질 말들을 나는 너무나 잘 알고 있었다. 자신이 수사를 예의주시하고 있다는 걸 보여 주는 연설을 늘어놓은 뒤에 왜 진척이 없는지를 따져 묻겠지. 그런 말이라면 이미 이골이 나 있다. 그의 밑에서 오랫동안 일했으니까. 언제나 같은 얘기다. 하지만 이번에는 그의 입을 닥치게 할 정보가 내 손안에 있었다. 그런데 예상치 못하게도 막심 그레앙이 그 자리에 있었다. 그는 코펜하겐 항구가 내다보이는 전면 창을 등지고 커다란 안락의자에 앉아 있었다. 그레앙은 여기 왜 온 것일까? 슬픔에 빠진 아버지 노릇을 하기 위해? 아니면 마약과의 전쟁을 지지하는 유력한 대선 후보로서? 알 수 없었지만 어쨌든 이야기는 내가 별로 좋아하지 않는 쪽으로 흘러가고 있었다.

홀브루크가 포문을 열었다. 수사는 질질 끌고 있고(그의 말이 틀린 건 아니다) 나는 새로운 사실을 하나도 찾아내지 못했고(이건 틀렸다) 무엇보다도 실비아 코르소를 풀어 주다니 내가 너무나 큰 실수를 저질렀다는 것이다. 윗분들이 다 그렇듯이 홀브루크 역시 기억력이 형편 없다. 자신이 허가한 일이 아니었던가. 하지만 윗분들은 자신들이 틀렸을 때도 인정하는 법이 없다. 그는 실비아 때문에 피해를 당한 사람들의 가족들이 직간접적으로 항의를 하고 있으며 항의 서한이 자신의 책상 위로 끝도 없이 쌓여 가고 있다고 말했다. 게다가 그레앙 역시 내 수사 방식에 대해 홀브루크에게 할 말이 많았다……. 그레앙은 냉정하고 중립적인 목소리로 불평을 늘어놓았다. 내가 코마에 빠진 사람들을 실비아 코르소 같은 위험한 범죄자에게 노출시키는 위험천만한 일을 했으며 그녀의 개입은 언론의 관심을 끌 수가 있고…… 어쩌고저쩌고…… 요

컨대 내가 완전히 헛다리 짚었다는 거다.

이런 짓거리엔 이골이 나 있다. 예전부터 이미 잘 알고 있다. 어떤 문제가 발생하면 권력을 쥔 자들은 유사시에 써먹을 희생양을 필요로 한다는 것을. 따라서 이런 상황에서는 설령 수사가 답보상태일지라도 내가 취할 수 있는 태도는 오직 한 가지다. 가능한 한 침착하게 대답하는 것이다. 나의 수사팀이 자료들을 차곡차곡 수집하는 중이며 곧 목적을 이룰 수 있으리라고 말이다. 그러니 막심 그레앙도 할 말이 없었다. 그가 담당 장관도 아니고 그는 아직 후보에 불과할 뿐이니까. 이따금 나는 그레앙이 사실은 자기 경력보다 딸을 더 걱정하는 게 아닐까 하는 생각이 들기도 했다. 그러니까 더욱더 그가 있는 자리에서 실비아가 준 정보들을 말해서는 안 된다. 그를 못 믿어서가 아니라 우리는 각자 전문 분야가 있으니까. 그는 정치를 하고 나는 내 직업인 경찰 일을 하는 거다. 나는 멜라니와 다른 사람들을 코마에 빠뜨린 파렴치한 놈들을 잡기 위해 최선을 다하고 있다.

한 시간 반 뒤 우리는 홀브루크의 사무실에서 나왔다. 그레앙과 고릴라 같은 경호원들과 함께 엘리베이터를 타게 되었다. 엘리베이터 안에서 그레앙은 내게 놀라운 제안을 했다.

"푸아레, 원한다면 파리까지 우리와 함께 가시지요……."

원래 나는 브뤼셀로 돌아갈 생각이었다. 하지만 이 기회를 이용해 고랑을 잠깐 보는 것도 좋겠다는 생각이 들었다.

"어쨌든 나도 내일 딸아이를 보러 브뤼셀에 갈 생각이니까……."

그레앙이 덧붙였다.

약간 당황스러웠지만 나는 제안을 받아들였다. 이렇게 해서 나는 차기 프랑스 지도자 자리를 노리는 후보의 개인 제트기에 탑승하게 된 것이다.

처음에는 약간 불편했다. 우리는 한동안 아무 말도 하지 않았다. 그러다가 그레앙이 내게 질문을 하나 했는데 그 질문에 나는 그만 흥분하고 말았다.

"푸아레 씨, 그 애가 왜 그랬을까요?"

나는 믿을 수 없다는 표정으로 그를 쳐다보았다.

"무슨 질문이 그런가요? 따님은 추잡스러운 약을 손에 넣는 데 성공했고, 댁에서 그 약을 과다복용했지요. 따님이 왜 그런 짓을 했는지 모르시겠어요?"

그의 얼굴이 창백해졌다. 내 말투 때문인지, 아니면 그 내용 때문인지 알 수 없었다.

"생각해 보세요, 그레앙 씨. 그 애의 엄마가 죽었지요. 그 애는 외동딸이니 남은 것은 당신뿐이었는데 당신은 늘 곁에 없었어요! 물론 당신의 일 때문에, 당신이 맡은 책임들 때문에 어쩔 수 없었다고 말하겠지요. 하지만 그런 얘기는 내 직업상 만나는 사람들로부터 너무나 자주 듣는 얘깁니다. 따님은 혼자였어요. 자신이 누군지, 어디에 있는지 혼란스러운 십대라고요. 그리고 십대들에겐 아버지가 필요합니다."

내가 너무 거창하게 이야기하긴 했지만 그레앙은 아무 말도 못했다. 그래서 나는 한 마디 더 덧붙였다.

"분명히 말씀드렸지요. 멜과 다른 사람들을 구하기 위해서 최선을 다 하겠다고요. 수사가 조금씩 진전되고 있습니다. 코마 상태를 끝낼 방법이 있다면 제가 반드시 찾아내겠습니다. 저를 믿으세요."

그는 그저 고개만 끄덕거렸다.

"푸아레 씨, 당신도 아이가 있소?"

"아들이 하나 있습니다……."

"참, 그렇군요. 멜라니 일이 있던 날 당신과 함께 있던 소년 말이지요."

그는 잠시 동안 말을 멈췄다.

"근데 그날 아들이 왜 당신과 함께 있었던 거죠?"

그가 궁금하다는 표정으로 물었다.

나는 고랑과 내가 휴가를 망친 일에 대해 자세하게 이야기해 주었다. 나는 내 직업이 얼마나 여유가 없는지, 또 정신없이 바쁜 내

생활에 대해서도 말했다. 그레앙은 동감한다는 표정을 지었다. 그러고는 내게 말했다.

"보세요, 푸아레 씨. 당신도 당신 일이, 당신이 맡은 책임들이 먼저잖아요. 당신 아들도 혼자라고 느낄 겁니다……. 뒤늦게 후회하는 이 애비의 충고를 귀담아 들으세요, 푸아레 씨. 당신 아들도 조심해야 합니다……."

제트기가 요란한 소리를 내며 르발루아 헬기 공항에 착륙할 때 나는 그레앙의 이 말을 되새기고 있었다. 헬기에서 내리자 예상치도 못하게 노라가 나를 기다리고 있었다. 브뤼셀에 있어야 할 노라가 파리에서 나를 기다리고 있다니 대체 무슨 일이 벌어진 걸까?

나는 곧 불길한 예감에 사로잡혔다.

25

세르주▽5월 3일

내 생애에서 가장 끔찍한 저녁을 보냈다. 이토록 고통스러웠던 적은 없다. 내 아들, 나의 고랑이 코마 상태에 빠진 것이다! 스스로 팔에 약을 주입한 것이다! 다른 사람들과 똑같이! 이런 상황에 맞닥뜨린 다른 모든 부모들처럼, 조금 전 비행기에서 보았던 그레앙과 마찬가지로 나 역시 끝없이 질문을 던질 수밖에 없었다! 도대체 왜! 어째서 내 아이가, 그토록 사랑하는 아들, 내가 너무나 잘 안다고 믿었던 아이, 절대로 그럴 리가 없다고 자신했던 그 아이가 그 더러운 물건에 손을 대고 만 걸까? 고랑이 그토록 불행하고 외로웠는데도 나는 전혀 모르고 있었다니, 전혀!

노라가 나를 병원으로 안내하는 동안 나는 그레앙의 경고를 되뇌이고 또 되뇌었다. 그레앙은 정치인 말고 점쟁이가 되는 게 나을 걸 그랬다!

노라도 큰 충격을 받은 것처럼 보였다. 그녀가 어떻게 된 일인지 설명했지만 내 귀에는 하나도 안 들어왔다. 내가 겨우 알아들은 것은 고랑을 보러 갔던 친구 페리와 존인가 뭔가 하는 아이가 노라에게 알려 주었다는 것이다. 노라는 또 내 부모님들에게도 연락을 했으며 아마 그분들도 이미 병원에 도착하셨을 거라고 말했다. 전처인 카트리나에게도 연락했다고 했다.

나는 완전히 넋이 나간 모습으로 병원 복도를 가로질렀다. 병원이라는 공간이 불러일으키는 동물적인 공포와 끔찍한 소독제 냄새 때문에 머리가 돌 것 같았다. 노라가 몇 호실인지 기억나지 않는 병실의 문을 열고 내가 고랑의 모습을 볼 수 있게 된 순간에야 비로소 정신이 들었다. 희고 차가운 침대 위에 누워 있는 고랑의 몸에 슉슉 삐삐 소리를 내는 무시무시한 기계들이 연결되어 있었다.

친구들은 고랑을 발견하자마자 즉시 119에 전화를 했다. 하지만 내 아들이 브뤼셀로 보내질 건 너무나 확실하다. 그 아이가 '식물인간' 들 사이에 한 자리를 차지하게 되다니! 소리치며 닥치는 대로 부수고 주저앉아 통곡이라도 하고 싶은 심정이었다. 나는 고랑에게 다가갔다. 잠을 자는 듯한 모습이 코마 상태에 빠진 지 열마 되지 않은 게 분명했다. 그 얼굴에서 내가 알고 있던 어린 고랑, 불안해하면 내가 달래 주곤 하던 꼬마 고랑의 모습을 다시 보았다. 나와 함께 놀고 함께 토론하며 때론 말다툼을 하기도 했던 내 아들, 나의 혈육. 내 눈으로 아이가 자라는 모습을 보는 것이 무척이나 자랑스러웠는데, 실은 나는 아들을 전혀, 아니 거의 몰랐던 것이다. 내 아들이 최첨단 마약에 손을 대고 바로 내 코앞에서 약물중독에 빠지다니.

머릿속이 뒤죽박죽인 채로 나는 침대에 누워 있는 아이를 바라보았다. 링거에서 약이 방울방울 떨어져 아이의 몸에 연결된 튜브로 들어가고 있었다. 갑자기 내 어깨 위에 무거운 손이 얹어지는 게 느껴졌다. 내가 너무나 잘 알고 있는 손, 내 아버지의 손이었다. 병실에 들어올 때부터 침대 발치에 있는 덩치가 큰 사람과 또 다른 두 사람을 보았지만 그들을 챙길 경황이 없었다.

"세르주, 너에게 진작 말했어야 했는데……."

"진작 말하다니 뭘요?"

"고랑이 내 은행계좌에서 돈을 빼 간 걸 알고 있었단다. 하지만 네게 말하고 싶지 않았단다. 네가 그 일로 고랑을 야단칠까 봐……."

"네? 고랑이 아버지의……."

내가 지금까지 쌓아 올렸던 작은 세계가 무너지려 하고 있었다.

내 아들이 마약을 하더니, 그것도 모자라 도둑질까지 한 것이다. 나는 내 귀를 의심할 수밖에 없었다. 고랑은 약을 사기 위해 그토록 존경하던 제 할아버지의 돈을 훔친 것이다. 도대체 어떻게 된 일일까? 고랑에게 무슨 일이 일어났던 걸까? 더불어 아까부터 머릿속을 떠나지 않는 질문 하나. 도대체 왜?

"세르주……."

이번엔 어머니였다. 어머니는 아버지보다 고랑을 더 사랑하면 하셨지 그보다 덜하진 않으셨을 게다. 그러니 어머니 역시 내게 아이를 혼내는 대신 이해해 주고 용서해 주라고 하셨을 거다. 허나 지금은 다 소용없는 말이다. 지금 내가 바라는 것은 오직 한 가지. 내 아들이 바로 눈을 뜨고 그래서 다시 예전처럼 행복한 시절로 돌아가는 것, 그뿐이다!

어머니는 말없이 내 옆에 와서 두 팔로 나를 안아 주셨다. 그 순간 나에게 필요한 것은 바로 그것이었다. 어머니에게도 마찬가지였으리라.

뒤에서는 노라가 울음을 참고 있었다. 노라도 고랑을 좋아했다. 바보 같은 녀석! 우리가 너를 얼마나 사랑하는지, 네가 우리 삶의 유일한 기쁨이라는 걸 정말 몰랐니……. 머릿속이 어지러워 도무지 생각을 할 수가 없었다. 우선 침착하게 정신을 가다듬어야 했다.

나는 겨우 힘을 내 입을 열었다.

"아버지, 어머니, 와 주셔서 감사해요. 정말이지……."

아버지가 고개를 끄덕였다. 내가 필요할 때면 아버지는 늘 함께 해 주셨다. 아버지가 디나르에서 운영하는 식당 일이 정말 힘들 때도 말이다. 그런 아버지 곁에는 언제나 어머니가 있다. 그런데 나는……. 그제야 세 번째 사람이 눈에 들어왔다. 내 전처인 카트리나였다. 나는 카트리나를 간신히 알아봤다. 못 본 지 오래된 데다 얼굴이 많이 달라졌기 때문이다. 고랑은 알고 있었을 것이다. 자주 텔레비전에서 제 엄마를 보았을 테니까…….

"당신도 왔군……."

그녀는 애써 어색한 웃음을 지으며 아주 잠깐 동안 내 손을 잡았다가 놓았다. 슬픔을 함께 나누기엔 그녀와 나 사이에 그동안 너무나 많은 일이 있었다. 고랑이 이 딱한 광경을 봤더라면 분명히 놀려 댔을 것이다. 하지만 고랑은 여기 없다. 그 아이는 지금 다른 곳에 있다. 내가 전혀 모르는 곳에. 그리고 나는 그 아이를 어떻게 데려와야 할지 모른다. 하지만 적어도…….

나는 집에 있는 고랑의 침대에서 밤을 보냈다. 고랑 방의 물건들을 둘러보았다. 내가 잘 모르는 그룹사운드의 포스터들, 고랑의 컴퓨터, 몇 년 동안 공들여 갖춘 서라운드 시스템, 게임들과 음반

들, 뽀얗게 먼지가 쌓인 낡은 피규어들이 빼곡한 선반(그 가운데는 예전에 내가 모으던 것들도 있었다), 정성스럽게 한켠에 모아 둔 약봉지들과 여기저기 흩어진 옷과 신발들, 어른 신발처럼 커다란 신발들. 고랑, 이젠 더 이상 어린애가 아니구나. 하지만 널 그곳에서 나오게 해 줄 사람은 나밖에 없다.

그리고 고랑을 악몽에서 깨어나게 하기 위해 내가 기댈 수 있는 곳은 오직 하나, 실비아뿐이다.

26

이덴에는 벌써 오래 전에 날이 저물었다. 고랑과 멜은 말하지 않고 서로 이야기 나누는 법을 터득했다. 두 눈으로, 두 손으로, 그리고 다문 입술로. 그들의 눈빛은 말을 넘어 뻗어 나가고, 입술은 무한의 약속으로 굳게 닫혀 있다. 서로 상대방에게서 놀라운 생명의 기운을 느낄 수 있다. 일종의 영원이랄까, 고요한 행복에 사로잡혀 둘은 굳이 말을 하지 않아도 서로를 이해할 수 있다.

둘은 멜의 집에서 멀지 않은 풀밭에 앉아 있다. 따뜻한 풀밭은 신선한 흙냄새와 엽록소를 내뿜고 있다. 그들의 발치 언덕 아래편으로 검은 바다가 달빛을 받아 은빛으로 빛난다.

소년과 소녀는 평화롭다. 마음껏 키스를 한 뒤의 포만감 속에서

둘은 손을 잡고 별빛 아래 몸을 누인다. 고랑은 아름다운 하늘에 매료된다. 할아버지가 해 주신 이야기를 떠올리게 하는 그런 하늘이다. 공해가 지구를 완전히 뒤덮기 전, 지상의 밤이 별빛으로 빛나던 시절에 대한 이야기. 소년의 시선은 깊이를 가늠할 길 없이 빛나고 있는 수천의 불빛들 속에서 길을 잃는다. 고랑은 자신이 조금씩 이덴에 투항하고 있다는 것을 알고 있다. 그러나 저항할 수가 없다. 현재와 과거, 현실…… 이제는 그 기준마저 희미해져 간다. 행복이라는 감정 속에서 그것은 열다섯 살 소년의 인생에서 더 이상 의미가 없다.

소년이 모든 것을 다 내던지고 이 새로운 세상에 항복하려는 순간, 어떤 소리가 그의 이성을 깨운다. 숨죽인 흐느낌이다. 고랑은 몸을 일으켜 멜의 얼굴을 본다. 한 줄기 눈물이 은빛으로 흘러내린다.

"멜…… 왜 우는 거야?"

두 번째 흐느낌이 소녀의 얼굴을 휘감는다. 처음보다 긴 흐느낌이다.

"무슨 일이야, 멜? ……내게 말해 봐……."

소녀는 두 눈을 뜬다. 눈물이 가득 고인 두 눈에 달빛이 반사된다.

"내가 누구인지 더 이상 모르겠어. 네가 한 얘기를 들은 뒤로는…….”

소녀가 중얼거린다.

고랑은 그녀가 무슨 얘기를 하는지 알아차린다. 하지만 그녀의 모습이 너무나 사랑스러운 나머지, 그리고 자신도 무엇이 진짜고 거짓인지 더 이상 알 수가 없어서, 고랑은 멜에게 말하려 한다. 자신이 착각했다고, 자신들을 둘러싼 것들은 거짓이 아니라고, 저기 저 별들은 실제로 존재하며, 이 풀밭과 바다와 소금기 머금은 냄새들도 모두 진짜라고, 그녀도 코마에 빠진 채 브뤼셀에 있는 게 아니라 여기에 존재한다고 그렇게 말해 주고 싶다. 하지만 멜은 자기의 얘기를 마저 하고 고랑은 잠자코 듣는다.

“고랑, 네가 내게 한 말들…… 그게 내 기억들을 일깨웠다고나 할까. 나는 네가 한 말들을 오래 전부터 알고 있었던 것 같아. 알고 있었지만 내 안 어딘가 숨겨 두었던 거야. 그래서 이젠 더 이상 내가 누구인지 또 어디에 있는지 모르겠어. 완전히 길을 잃은 느낌이야.”

“걱정하지 마. 너는……”

“아니야, 고랑. 난 네가 진실을 말해 주었으면 좋겠어. 난 네가 필요해.”

그렇게 해서 고랑은 멜에게 이야기한다. 한편으론 혼란을 겪는 자기 자신에게 하는 이야기이기도 하다. 멜의 방에서 그녀의 아버지와 자신의 아버지가 만난 이야기, 근육이 마비되는 증상, 이아니스, 샤르트르, 마약, 주사기, 구토…… 진실이 물밀듯 밀려온다. 멜은 자신이 이 모든 것들을 결코 잊은 적이 없음을 깨닫는다. 아무 말 없이 한 마디 한 마디 들을 때마다 그녀의 세계가 무너진다. 꼭 거대한 손이 그녀의 심장을 분노로 짓누르고 있는 듯한 느낌이다. 그녀의 삶은 거짓말, 꿈에 지나지 않았고 그녀가 간직한 악몽들이 바로 현실인 것이다. 텅 빈 듯한 공허 속에서 그녀를 지탱해 주는 유일한 것, 그것은 바로 고랑이다. 그녀는 고랑에 대해 아무것도 모르지만, 그리고 이제 막 태어난 그들의 사랑은 아직 약할지 모르지만 어쨌든 그는 거기에 있다. 그 스스로 자진하여 이 허구의 세계에 뛰어든 것이다. 그가 말하는 현실에서 영혼이 빠져나간 그녀를 단 한 번 보았을 뿐인데, 그녀를 위해서 이곳에 온 것이다. 이 낯선 소년이 자신을 위해 이 먼 길을 왔다고 생각하니 멜의 마음이 흔들린다. 덕분에, 진실을 알게 된 뒤 그녀를 옥죄는 죽고 싶은 충동을 물리칠 수 있다.

고랑이 이야기를 끝내자 웨일 베이에 날이 밝는다. 아직 불안한 빛 한 줄기, 푸르스름하고 선명하지 않은 여명이 사물들의 형태와 윤곽을 드러낸다. 오래 전에 달은 제 갈 길을 갔고 별들도 하나둘 지기 시작한다. 별들은 너무나 가까이 있어 귓가에 그 소리가 들리는 것만 같다. 멜과 함께 설레는 밤을 보내며 긴 이야기를 하느라 고랑은 지쳐 있다. 둘은 여전히 손을 잡고 있다. 소년이 소녀의 손에 키스를 하자 소녀가 살며시 미소 짓는다.

"돌아가자."

소녀가 침착한 목소리로 말한다.

"돌아가자고?"

"그곳. 너의 세상으로. 나의 세상으로."

갑자기 고랑은 멜을 잃을지도 모른다는 두려움에 몸서리가 쳐진다.

"하지만 그게 무슨 소용이야? 우린 여기서 행복하잖아. 수천 배 더 행복하잖아. 현실이란 게 무슨 의미야? 우리 맘대로 진짜와 가짜를 정하면 되잖아? 우리가 원하는 삶을 선택하면 안 되는 이유라도 있어?"

"아니야."

멜이 침착한 목소리로 대답한다.

"하지만……"

"아니야, 고랑. 나는 너를 알고 싶어. 현실에서 너의 모습 그대로 너를 만나고 싶단 말야."

고랑은 대답할 말을 찾지 못한다. 둘 사이에 한동안 침묵이 흐른다. 소년은 다시 멜을 향해 몸을 숙이고 그녀의 입술에 키스한다.

"그만 가자."

소년은 일어나는 시늉을 하며 말한다.

"조금만 더. 여기서 할 일이 한 가지 더 있어……."

어느덧 날이 밝아 새파란 하늘이 에버그린 언덕과 만 위에 펼쳐져 있다. 바다로부터 긴 호각 소리가 들려오자 고랑은 멜이 자신의 손을 꽉 쥐는 것을 느낀다. 희미한 그림자들이 바다에 검은 이랑을 그리더니 수면 위로 모습을 드러낸다. 고랑이 세어 보니 여덟이다. 갑자기 거대한 등이 떠오른다. 고래다! 영화나 책에서 보던 모습 그대로다. 고랑이 태어나기도 전에 지구상에서 사라져 버린 신화 속 동물. 고래들의 춤이 시작되고 고랑은 감동으로 가슴이 벅차오른다. 옆에 있는 멜을 쳐다보자 고랑을 보며 미소 짓는다. 멜은 이 멋진 광경을 고랑과 함께해서 행복하다. 이 낯선 동반자 옆에서 그 장면은 전에 없이 더 아름다워 보인다. 고래들은 노래를 부르고 원을 그리며 돌고 재주를 넘는다. 오직 소년과 소녀만을 위한 공연이다. 고래들이 만들어 내는 멜로디에 호각 소리와 진동이 뒤섞여 하나의 콘서트를 방불케 한다. 소년과 소녀는 매 순간 즐거움을 만끽한다. 마침내 가장 어린 두 마리의 고래가 동시에 물 위로 솟구쳐 오르고 이어 요란한 물보라를 일으키며 물속으로 떨어진다.

"이제 가도 좋아."

멜이 눈물을 참으며 말한다.

광장은 새로 도착한 사람들로 북적거린다. 멜의 손을 잡고 중앙에 있는 거대한 매표소로 가면서, 고랑은 빨리 진짜 세상으로 돌아가고 싶어 마음이 급해진다. 아빠가 생각난다. 페리와 빈 쏭 부인, 노라도 생각난다. 그러자 빨리 그들에게 멜을 소개해 주고 싶다. 자신이 풀지 못한 수사를 아들이 해결하고 돌아온 것을 보고 아빠는 얼마나 놀랄까. 그 모습을 그려 보니 웃음을 참기가 어렵다. 고랑은 완벽한 미소를 짓고 있는 여자 안내원에게로 향한다.

"우리는 나가려고 하는데요."

소년이 즐거운 목소리로 말한다.

"나간다고요?"

안내원이 눈썹을 찌푸리며 대답한다.

"네, 나간다고요. 멜과 저는 나가고 싶어요."

"하지만 고랑 푸아레, 어디로 간단 말인가요? 지금 가실 수 있는 세계는 다음과 같습니다……."

고랑은 안내원이 하는 말을 이해할 수 없어 멜을 바라본다.

"우리가 선택할 수 있는 곳을 말하는 거야."

멜이 설명한다.

"각양각색의 모험을 경험할 수 있는 세계가 준비되어 있거든……"

"아니, 그게 아니에요. 우리는 여기서 나가고 싶다고요! 돌아가고 싶어요……. 그러니까…… 그곳, 우리가 온 곳으로 말이에요."

고랑이 안내원에게 말한다.

"뭘 원하시는 건지 모르겠는데요, 고랑 푸아레."

"아주 쉬워요. 우리는 떠나고 싶다고요. 진짜 세계로 돌아가고 싶어요."

소년의 목소리는 이미 초조함을 띠고 있다.

안내원의 파란 두 눈이 두 번 깜빡이더니 한 번 더 깜빡인다. 이어서 눈썹이 한 번 올라가더니 갑자기 조금 전의 완벽한 웃음을 띤 얼굴로 돌아간다.

"무엇을 도와 드릴까요, 고랑 푸아레?"

순간, 두려움이 소년의 혈관을 타고 퍼져 나간다. 고랑은 멜을 바라본다. 멜의 시선에서 그녀 역시 자신과 똑같은 생각을 한다는 걸 알 수 있다. 출구는 없다.

27

세르주▽5월 3일

실비아는 지금 짐을 챙기고 있다. 이쯤 되면 나를 기다리게 해봤자 별 재미 없다는 걸 그녀도 알았을 것이다.

사실 몇 시간 전, 내가 아즈-뷔브에 내린 순간부터 눈치챘을지도 모른다. 병원에 도착하자마자 나는 곧바로 그녀의 방으로 달려가 벨기에 경찰들에게 비켜서라고 신호를 보낸 뒤 부서뜨릴 듯 문을 두드렸다. 그러곤 기다리지도 않고 문을 열어젖혔다.

"그 사람들을 어떻게 거기서 꺼낼 수 있지?"

내가 물었을 때 그녀는 막 침대에서 일어난 참이었다.

두 눈은 여전히 감고, 갑작스런 빛 때문에 미간을 찌푸린 채 그녀는 손으로 헝클어진 머리를 빗었다.

"프로그램을 해제해야죠……."

실비아가 웅얼거렸다.

내가 원하던 답과는 거리가 멀었다.

"어떻게 해제하느냐고!"

그녀는 눈을 떴다. 내 말투에서 무슨 일이 일어났다는 걸 감지한 것이다. 그녀는 이상한 표정으로 나를 쳐다봤다. 그러고는 아무것도 묻지 않고 이렇게 말했다.

"저기 잠든 사람들 안에 있는 나노봇을 우리 감시 하에 둔다면 그들에게 가상 세계의 이미지와 정보를 제공하는 이덴 프로그램이 송출되는 지역이 어딘지 알아낼 수 있을 거예요."

"그러고는……?"

내가 초조하게 말했다.

"그러고는 그 지역을 고립시킨 뒤 샅샅이 뒤지면 프로그램을 운영하는 중앙통제본부가 어디 있는지 알 수 있겠죠. 신호들이 나오는 모체가 되는 곳 말이에요."

"좋아. 언제쯤이나 가능하지?

실비아는 내 곁에 바짝 다가와 말했다.

"세르주, 그러기 위해서는 최첨단 탐지기를 비롯한 장비들이 있어야 해요. 게다가 프로그램의 해킹을 막을 수 있는 최정예의 전문가들도 필요하고요. 그리고……"

"언제쯤 되겠냐고?"

실비아는 어깨를 으쓱했다.

"적어도 두 달……."

"그건 너무 길어."

내가 화를 내며 말했다.

그녀는 천천히 자리에서 일어나 기지개를 켜고 하품을 한 뒤 덧붙였다.

"다른 방법이 있기는 하지만……."

"그게 뭐지?"

내가 그녀에게 다가서며 말했다.

"내부에서 프로그램을 해제하는 방법도 있죠. 내가 이덴의 시스템에 접근할 수 있는 코드를 알고 있어요. 이덴에서 바로 쓸 수 있죠. 문제는……"

"말해 봐, 실비아. 문제가 뭔데?"

"위험하다는 거죠. 그게 전부예요."

다시 침대 위에 앉으며 그녀가 말했다.

"어째서?"

"그걸 하기 위한 유일한 방법은 누군가가 이덴 안으로 들어가야 한다는 거죠. 그 얘긴 그 사람도 약을 복용해야 한다는 거예요!"

나는 백만 분의 일 초 동안 생각했다. 어쨌든 다른 방법은 없는 것이다.

"좋아. 나한테 그 빌어먹을 코드를 줘. 그리고 어떻게 해야 하는지도 알려 주고……. 내가 가겠어!"

실비아는 반대하지 않았다. 다만 그 방법 역시 준비하는 데 적어도 일주일은 걸린다고 무심하게 말했을 뿐이다.

일을 시작하기 위해서는 일단 장소를 옮겨야 했다. 무균실을 갖춘 아즈-뷔브의 다른 연구실을 사용하기로 했다. 나를 직접 이덴으로 보내기로 한 이상, 일은 그리 복잡하지 않다. 내가 맞을 처음 분량의 약만 있으면 되니까. 우리는 곧바로 작업에 착수했고, 빠른 시일 내에 문제의 약을 얻게 될 것이다. 반면 그 다음부터가 예민한 작업이다. 일단 내 몸에 약을 투입하면, 실비아가 나노봇을 추출할 것이다. 추출한 나노봇 내부에 송수신 부분을 찾아내 간단한 조작을 한 뒤 다시 내 몸에 넣는다. 그리고 그것을 통해 실비아와 나 사이에 신호를 주고받는다. 말하자면 그녀가 내 안내자가 되는 것이다. 한편으로 안심이 된다. 적어도 이덴에서 나를 안내하는 동안에는 실비아가 우리를 속이고 도망치진 못할 테니까. 그래도 경계를 늦춰서는 안 된다고 생각하며, 나는 만약 일이 잘 끝나 내 아들을 되찾아 오게 되면 실비아를 지옥 같은 카토가에서 꺼내 주리라고 마음먹는다. 나머지 형량은 별 세 개짜리 감옥에서 보낼 수 있도록 말이다.

그동안 고도의 정밀한 작업이 진행될 것이다. 그녀가 해낼 수 있다고 단언한 그 작업을 위해서 실비아는 무균의 공간과 나노미터 단위의 작업을 수행할 수 있는 장비들을 요구했다. 그걸 갖추는 데 얼마간의 시간이 걸릴 것이다. 하지만 실비아는 확신에 차 있다. 일주일 안에 나를 이덴으로 보내 줄 약을 만들어 내게 투입할 준비를 마치겠노라고 장담했다. 내가 이덴에 도착하면 그녀는 소리로 나를 안내할 것이다. 그녀의 말에 따르면 이 모든 과정이 십오 분이면 끝난다. 특별히 내게 주사될 약은 십오 분이 지나면 저절로 프로그램이 해제되도록 해 그다지 위험하지 않다는 것이다.

우리가 보호하고 있는 코마 환자들, 특히 코마에 빠진 지 오래된 사람들의 경우에는 실비아도 확실하게 보장할 수 없다고 한다. 그녀 생각에 대부분은 깨어나겠지만 백 퍼센트 장담할 수 없다는 것이다. 어쩔 수 없다. 무엇보다 고랑을 구하는 게 급선무다.

28

세르주▽5월 10일

벌써 여드레. 고랑이 코마에 빠지고 여드레가 지났다. 브뤼셀의 아즈-뷔브 병원으로 후송되어 다른 환자들과 함께 있게 된 지는 엿새째다. 하지만 괜찮다. 이제 몇 분 후면 내가 이덴으로 여행을 떠날 차례니까. 가능한 한 짧은 여행이 되기만을 바랄 뿐이다.

내가 아무리 부정하려 해도 소용없다. 실비아가 이번 한 주 동안 그녀가 할 수 있는 모든 노력을 다 했다는 것을 인정할 수밖에 없다. 그녀는 두꺼운 특수 가운을 껴입고 눈이 멀 것처럼 새하얀 무균실에 틀어박혀 지냈다. 간간히 한숨 돌리거나 요기를 하거나, 혹은 잠깐 눈을 붙일 때를 빼고는 밖으로 나오지 않았다. 게다가 실비아는 자신과 이덴의 배후에 있는 조직의 관계를 이야기해 주었다.

워스타이너 사건 때 실비아는 이미 이 끔찍한 프로젝트를 준비 중이었다. 그녀는 처음부터 이 아이디어의 상당 부분이 자신으로부터 나온 것이라는 걸 거듭 강조했고 나도 그 말이 사실일 거라 생각한다. 그녀의 교활한 머리가 아니고서야 어떻게 그토록 사악한 아이디어가 탄생할 수 있었겠는가. 그녀가 나를 이용해서 저 유명한 워스타이너, 그러니까 그녀를 착취하는 것도 부족해 몇 번이나 폭행을 가했던 그 고약한 고용주에게 복수를 하는 동안에도, 그녀는 일단 손을 대면 말 그대로 머릿속에 가상현실을 심어 넣어 결코 끊을 수 없게 만드는 기막힌 마약 개발에 몰두하고 있었던 것이다. 약을 복용하는 간격이 너무 가까우면 부작용으로 코마에 빠질 수 있다는 사실은 이미 연구 초창기에 발견되었고 그녀는 그 개선책을 연구하는 중에 러시아에서 체포되었다. 쉽게 짐작할 수 있듯이, 이덴의 개발에 돈을 대던 사람들이 그녀를 밀고한 것이다. 그 뒤로 그들은 약을 그대로 유통시켰고, 너무나 당연하게도 코마에 빠진 사람들이 기하급수적으로 늘어나기 시작했다.

그녀가 자신을 배신한 사람들과 아직 계산이 남아 있다는 사실 때문에 나는 불안했다. 지난번에도 그녀는 나를 자신의 복수에 이용했고, 그 끝은 처참했기 때문이다.

하지만 상관없다. 지금 나에게 중요한 건 고랑을 그 지옥 같은 거미줄에서 꺼내 오는 것이다. 비록 내가 실비아의 검은 속을 완전히 꿰뚫지 못했다 하더라도 하는 수 없다. 어쨌든 실비아가 설명한 대로라면, 일단 내가 일련의 코드를 가지고 들어가 이덴의 전체적인 시스템을 파괴한다. 그러면 코마 피해자들의 신체기관들 속에 가득 차 있는 나노봇들의 연결이 끊긴다. 그리고 피해자들이 코마에서 깨어난다. 이론적으론 그렇다는 거다.

며칠을 꼬박 현미경을 들여다보며 나에게 주입할 나노봇을 만드느라 고생한 실비아는 마침내 오늘 아침 모든 준비가 끝났다고 말했다. 나에게 안전할지 테스트할 시간적 여유는 없었다. 한 가지는 분명한데 내가 이덴으로 들어가는 즉시 그녀가 내게 계속 연락을 취할 거라는 거다. 물론 내 쪽에서도 그녀에게 연락을 취할 수 있다. 그녀는 필요한 분량의 합성단백질 속에 나노봇을 집어넣는 데 성공하는 한편 단백질 효과를 누그러뜨려 내가 무의식에 빠지는 대신 반 최면 상태를 유지하도록 했다. 그래야 내가 '그쪽 세계'에서 본 것들을 그녀에게 설명할 수 있다는 것이다.

사실 나는 너무나 두렵다. 이 방법에는 미지수가 너무나 많다. 하지만 이제 곧 내가 무언가 할 수 있게 된다. 내 아들을 공포에서 구하기 위해서 싸울 수 있게 되는 것이다. 그러니 감수할 만한 가치가 있지 않은가.

드디어 모든 준비가 끝났다. 몇 분 뒤 나는 의자에 가 앉았다. 약을 주입할 때 내가 다치지 않도록 나는 의자에 묶여 고정되었다. 실비아는 그녀의 새하얀 연구 가운을 벗어던지고 회색 정장을 입고 있었다. 얼굴에는 미소조차 띠지 않았다. 오히려 심각한 표정이었다. 하지만 나는 그녀가 속으로 웃고 있다는 걸 알 수 있었다. 내가 그녀를 찾아 카토가에 갔을 땐 그녀가 의자에 묶여 있었다. 그런데 지금은 내가 묶인 것이다.

물론 노라도 곁에 있었다. 지난 일주일 동안 노라는 몇 차례 내게 뭔가 말을 하려다 말았다. 그녀는 주로 고랑의 침대를 지키고 있거나 우리의 '과학자'를 감시하고 있어 우리 둘은 제대로 된 이야기를 나눌 만한 시간이 없었다. 게다가 오늘 저녁 나는 노라에게 막중한 임무를 넘겨주었다. 내가 없는 사이 실비아가 도망치지 않도록 그녀를 감시하는 일. 물론 노라 혼자 맡는 것이 아니다. 벨기에 측은 십여 명의 경찰을 배치해 주었을 뿐만 아니라 만약의 사태를 대비해 나를 최면에서 깨워 줄 의료팀도 대기시켰다.

기분이 이상했다. 의자에 앉아서 임무를 수행하기는 처음이었다. 사실 나는 가상현실 게임을 별로 좋아하지 않는다. 게다가 시간이 흐를수록 불안은 점점 더 커졌다.

"세르주……."

노라였다. 나는 그녀를 꼭 안아 주고 싶었다. 갑자기 그녀가 내게 너무나 소중하게 느껴졌다. 이런 감정이 무엇인지 나도 잘 알 수 없지만, 내가 아들과 함께 다시 돌아오면 그때 그녀에게 꼭 말하리라 다짐했다.

노라는 나를 뚫어지게 쳐다보았다. 그녀의 검은 두 눈에 고통이 어리는 것을 보자 나는 괴로웠다.

"걱정하지 마……. 잘될 거야……."

내가 중얼거렸다.

노라는 내 팔을 잡아 가운데 왕좌처럼 솟아 있는 파란색 의자로 인도했다. 의자의 둘레에는 금속으로 테두리가 둘러져 있었다. 내 주변을 벨기에 경찰들이 에워쌌다. 그들 뒤로는 흰 가운을 입은 의료진들이 낮은 목소리로 이야기를 나누고 있었다.

실비아는 의자 옆에 서서 나를 기다리고 있었다. 그녀 곁에 남자 간호사가 서 있었다. 그 사람이 내게 주사를 놓을 게 분명했다. 실비아는 직접 주사를 놓는 것을 거부했는데 그 이유는 나도 알 수 없었다. 아마 자기를 믿어도 된다는 것을 보여 주기 위해서일지도 모른다.

실비아는 내 어깨에 한 손을 얹었다. 천장의 조명이 너무 밝아서 나는 눈을 깜박거렸다.

"당신 몸에 센서들을 달 거예요. 심장 박동과 호흡을 체크하고 꿈 분석기를 작동시키기 위해서죠. 그걸 통해서 당신이 저쪽 세계로 넘어가는 즉시 내가 알게 될 거예요. 그러고 나서 내가 당신을 안내할 거예요. 오케이?"

나는 천천히 고개를 끄덕였다. 입술이 바싹 타들어 갔다.

"그럼, 모두 준비됐으면 이제 갑시다."

실비아가 침착한 목소리로 소리쳤다.

나는 노라가 내 손을 꽉 쥐는 것을 느꼈다. 간호사들이 내 이마와 목, 그리고 손목에 얼음처럼 차가운 무언가를 대었다. 이어 실비아의 모습이 시야에 다시 들어왔다.

"세르주, 준비되었죠?"

속으론 아니라고 생각했지만 나는 다시 한 번 고개를 끄덕여 그렇다는 표시를 했다.

"자, 눈을 감아요. 그러면 곧바로……"

내가 마지막으로 본 것은 실비아의 미소였다. 교활한 미소가 다시 한 번 그녀의 얼굴에 번지고 있었다.

29

마지막 경련이 끝나고 그가 눈을 뜬다. 두 다리가 완전히 풀린 느낌이다. 바로 그때 어떤 손들이 그의 두 팔을 붙잡고 그의 몸을 부축해 준다.

부드러운 여자의 목소리가 들린다.

"어서 오십시오, 세르주 푸아레. 잠시 앉아서 천천히 심호흡을 하세요……."

세르주는 누군가 내어주는 의자 위에 앉는다. 주변은 온통 새하얗고 그 속에서 완벽하게 아름다운 두 명의 여자가 도드라진다. 지나치게 완벽한 미인이라고 세르주는 생각한다. 그녀들이 그에게 미소 짓는다. 너무나 달콤한 친절에 그는 잠시 머뭇거린다. 순간 그는 이 허구의 세계에 유혹되어선 안 된다고 생각한다. 하지만 생각만큼 쉽지 않다.

"자, 어서 움직여요!"

갑자기 그의 머릿속에서 소리가 들린다.

"여자들이랑 노닥거리려고 거기 간 게 아니잖아요!"

세르주는 자리에서 일어난다. 설령 그게 실비아일지라도 누군가 자신과 함께한다는 생각에 안심이 된다.

"준비되셨나요, 세르주 푸아레?"

두 명의 여자 안내원이 묻는다.

"준비되었소."

세르주가 단호한 목소리로 대답한다.

그러자 그의 주위로 이덴이 나타난다.

"세상에나!"

자신을 둘러싼 세계의 생생함과 아름다움에 세르주가 감탄한다.

"정신 차려요. 그건 다 가짜라고요. 모든 게 다 교묘하게 위장된 숫자의 조합에 불과해요."

그의 청신경에 주입된 나노봇을 통해 실비아가 끼어든다.

"정말 멋지군, 너무 아름다워. 실비아, 모든 게 너무나 진짜 같아."

"너무나 진짜 같아서 당신의 아들이 코마에 빠진 거예요. 그걸 잊지 말아요."

물론 세르주는 잊지 않고 있다. 자신의 몸속에서 건조하게 울려 대는 실비아의 목소리는 금속성을 띠고 있다. 그 불쾌한 느낌에 세르주는 번쩍 정신이 든다.

세르주는 숨을 들이마신다. 자신의 의지와 상관없이 달콤한 공기가 그의 몸속을 파고들어 기분이 상쾌해진다.

"좋아! 이제 뭘 해야 하지?"

그가 실비아에게 묻는다.

"지금 어디 있지요? 주변에 보이는 걸 말해 봐요."

"큰 광장에 있소. 가운데 순환 매표소가 있고 여자 안내원들도 있군. 주변에는 잔디밭이 펼쳐져 있고 꽃나무들도 보이는군. 그리고 너무나 파란 하늘……"

"됐어요. 정문이군요."

"정문?"

"일종의 안내소라고 생각하면 돼요. 사람들이 도착하는 곳이죠. 이제 안내원한테 가세요."

세르주는 믿을 수 없을 만큼 아름다운 여자 안내원에게 다가가 미소 짓는다.

"누구를 찾으시나요, 세르주 푸아레?"

마음을 파고드는 목소리로 그녀가 묻는다.

"2781#XHMP//W6700."

실비아가 세르주의 귀에 대고 말한다.

"뭐라고?"

세르주가 깜짝 놀란다.

"네?"

여자 안내원이 묻는다. 완벽하게 가지런한 이를 드러내며 미소짓고 있다.

실비아가 그에게 명령한다.

"내가 하는 대로 따라 해요. 2781……"

"2781……"

"샵 XHMP……"

"샵 XHMP……"

"슬래쉬, 슬래쉬 W6700…….."

세르주가 마지막 숫자를 따라 하자마자 여자 안내원은 두 눈을 감고, 갑자기 도시는 컴퓨터 회로들과 숫자 조합 그리고 광섬유들, 그밖에 세르주가 이름을 알 수 없는 것들로 구성된 기괴한 망으로 바뀐다.

"내가 어디에 있는 거지?"

당황한 그가 실비아에게 묻는다.

"프로그램의 한복판에요……. 내가 잘못 안 게 아니라면 말이죠."

그의 머릿속에서 그녀의 목소리가 대답한다.

"하지만 너무나 거대한데!"

"아녜요. 그건 실제론 부피가 없어요. 당신도 마찬가지죠. 지금 이 순간 당신은 내 눈 앞에서 의자에 묶여 있다는 사실을 다시 한 번 환기해야겠군요."

세르주는 지금 자신이 경험하고 있는 것들이 실제로는 머릿속에서만 일어나고 있다는 걸 쉽게 인정하기 어렵다.

"당신 몸은 여기 있다고요, 세르주. 사무실과 차 속에서 인생을 보내는 경찰치고는 꽤 괜찮은 몸이네요!"

실비아의 농담 같지 않은 농담에 짜증을 느끼며, 세르주는 자신을 둘러싼 새로운 환경 속으로 몇 걸음 내딛는다. 눈길이 닿는 곳은 온통 흰색인 그야말로 빛의 세계이다.

"그리고 이제 어떻게 하지?"

세르주가 묻는다.

"자, 이제 고랑의 프로그램을 해제하는 작업을 시작할 거예요. 당신이 거기 간 이유잖아요, 아닌가요?"

물론 고랑 때문인 건 맞다. 하지만 다른 희생자들도 구해야 한다.

"내가 어떻게 하면 되지?"

"그 멍청한 작자들이 내가 고안한 시스템을 바꾸지 않았다면 말이죠, 사실 그자들의 한심한 지능을 생각하면 확실히 그대로 쓰고 있을 텐데, 어쨌든 그렇다면 식은 죽 먹기예요. 아마 당신 주위 어딘가에 꼭 거대한 책장에 꽂힌 책들처럼 컴퓨터 드라이브들이 꽂혀 있을 거예요."

"온통 그것뿐인데. 수천 개가 넘는 드라이브가 벽들을 가득 채우고 있어! 컴퓨터 드라이브로 만들어진 세상이라고나 할까……."

"드라이브 하나하나가 이덴 사용자들을 뜻하는 거예요."

"하지만 여기서 어떻게 고랑 것을 찾을지 모르겠군."

"진정해요, 세르주. 현실에서 하던 방식은 잊어버려요. 당신은 지금 이덴에 있다고요. 당신이 찾는 걸 생각하면 그게 저절로 당신을 찾아온다고요."

세르주는 무슨 말인지 이해가 안 된다.

"고랑을 생각해요, 세르주. 고랑 푸아레를 생각하라고요."

스스로도 약간 바보 같다고 생각하면서 그는 머릿속으로 아들의 이름을 반복해서 되뇌인다. 그러자 갑자기 바로 그의 코앞, 손이 닿을 만한 곳에 드라이브 하나가 빠져나와 있다.

"어떻게 됐어요?"

실비아가 묻는다.

"드라이브가 하나 있긴 한데……."

"그 안에 있는 DVD를 꺼내세요. 고랑의 프로그램이에요."

세르주는 미니디스크를 손에 쥐고 새로운 지시를 기다린다.

"나를 따라 하세요. CLV12INSHRD44."

세르주가 이 조합을 따라하자 그의 눈앞에 컴퓨터 키보드가 생겨난다.

"키보드가 보이나요?"

"응."

"멍청이들! 내가 만든 프로그램에서 단 하나도 바꾸질 않았군! 이건 완전히 땅 짚고 헤엄치기네. 내가 부르는 대로 입력하세요."

실비아는 긴 숫자와 알파벳이 조합된 기다란 코드를 부르고 세르주는 그 앞에 나타난 키보드에 그대로 친다.

"엔터키."

세르주가 엔터키를 누른다. 그러자 바로 또다른 드라이브가 빛으로 가득한 벽면에서 빠져나온다.

"고랑의 디스크를 넣으세요."

세르주가 지시대로 하자 드라이브는 곧바로 디스크를 삼킨다.

"좋아요. 이제 다시 키보드로 가서 SylCorso 32/autoD-axs.exe라

고 치세요."

세르주가 새로운 코드를 친다.

"확인을 위해 다시 한 번 코드를 입력하라는 메시지가 뜨는데?"

"그럼, 다시 입력하고 확인을 눌러요!"

세르주는 실비아의 목소리에서 왠지 모를 증오와 환희가 뒤섞여 있는 것을 느낀다.

그가 다시 한 번 코드를 치고 확인 버튼을 누르자 곧바로 경보음이 울린다.

같은 시간, 고랑은 갑자기 자기 안이 텅 비는 느낌이다. 뭐랄까 커다란 구멍 같은 게 생겨나는 듯하다. 뭔가 큰 재앙이 닥칠 것 같은 불길한 느낌이 든다. 한순간 고랑의 실루엣이 흔들리며 흐려진다.

"고랑! 왜 그래?"

멜이 묻는다.

"나도 잘 모르겠어. 이상해."

"네가 사라지고 있는 것 같아……."

"내 안에서 뭔가가 뒤죽박죽되는 느낌이야. 버그 같은 게 들어온 느낌……."

소년과 소녀는 미모사가 활짝 핀 공원에 있다. 그들은 하늘이 약간 변한 걸 알아차린다. 파란색이 더욱 진해졌다. 지나치게 파랗다.

"실비아! 실비아!"

세르주가 서너 번 계속해서 불러 본다.

하지만 실비아는 대답이 없다. 그제야 세르주는 다시 한 번 그 교활한 과학자의 손에 놀아났다는 걸 깨닫는다. 이덴에 들어온 순간부터 자신은 실비아의 복수를 위한 꼭두각시일 뿐이었다. 고랑을 구한다는 핑계로 실비아는 이덴의 자동파괴 프로그램을 작동시킨 것이다. 몇 년 전 그녀가 직접 창조했으나 도둑맞은 그 세계를 자신의 손으로 파괴한 것이다. 게다가 실비아 그 악녀가 세르주 앞에 어떤 것들을 예비해 두었는지 알 길이 없다. 하지만 세르주에게 너무나 분명한 단 한 가지는 여기서 썩을 수는 없다는 것이다.

경보음이 연방 수사요원의 귀청을 때린다. 그러나 그의 머릿속에서는 그가 구해야 할 사람, 아들 고랑의 이름이 경보음보다 더 크게 울리고 있다.

30

세르주는 침착함을 되찾기 위해 호흡을 가다듬는다. 그리고 이 인공낙원의 안내소 역할을 하는 정문을 생각한다. 그러자 그의 주변에 다시 도시가 나타난다. 정문의 풍경이 미묘하게 변해 있다. 아까는 볼 수 없었던 흥분이 도시 전체에 감돌고 있다.

"푸아레 아저씨!"

세르주가 고개를 돌리자 한 무리의 청소년들이 그에게 다가온다. 여자아이 둘과 남자아이 넷이다. 그 가운데 한 명, 방금 자기를 부른 아이는 낯이 익다.

"저 페리예요."

그제야 세르주는 고랑의 가장 친한 친구를 알아본다. 원래 모습보다 좀 더 크고 더 잘생긴 모습이다. 단발머리에는 검은 헤어밴드를 했다. 다른 친구들도 마찬가지다.

"페리! 너 여기서 뭐 하는 거니? 혹시 너도 약을……"

"아니에요……. 사실…… 아저씨가 생각하시는 그런 거 아니에요……."

"게다가 그 복장은 뭐니? 왜 온통 검은색으로 입은 거야?"

"아저씨도 얘네들 아시죠? 마리, 아이샤, 새미, 윌리엄 그리고 존이에요."

"으응…… 그래……."

"다들 고랑과 같은 반이에요. 저희들은 그러니까 말하자면 해커 모임이라고나 할까……."

"해커?"

"네. 이덴인지 뭔지 하는 이 몹쓸 함정을 파괴할 방법을 찾아왔어요."

세르주는 깜짝 놀란다. 순간 자신만 빼고 모두들 이 새로운 마약에 대해서 알고 있었다는 생각이 든다. 마약 퇴치 분야의 최고 전문가인 자신만 빼고 말이다.

"그래서 직접 약을 하는 것 말고 다른 방법은 못 찾았니?"

"밖에서는 아무것도 할 수 없으니까요. 이덴은 안에서 조정되거든요. 그래서 우리는 여러 차례……"

"뭐, 여러 차례?"

"네. 하지만 약을 복용할 때 시간 간격만 잘 유지하면 위험은 없어요. 그리고……."

페리는 갑자기 입을 다문다. 자동차 두 대가 소리 없이 서로 마주 보며 질주한다. 저러다 맞부딪치면 엄청난 충돌이 빚어질 텐데…… 이상하다. 버그를 먹은 게 틀림없다. 속으로 놀라며 페리가 말을 계속 잇는다.

"우리는 프로그램의 핵심이 이덴 내부에 있다는 걸 확실히 알아냈어요. 그래서 여기 온 거죠. 아직 그걸 찾지는 못했지만……"

세르주가 한 손을 들어 말을 막는다.

"더 이상 찾지 마라."

아이들은 당황해 서로서로 쳐다본다.

"내가 방금 프로그램의 핵심에서 오는 길이야."

"뭐라고요?"

페리는 어리둥절해하는 표정이다.

세르주는 간호사가 자신에게 이덴을 주사한 다음부터 지금까지 일어난 모든 일들이 너무나 혼란스럽다. 혹시 자신이 본 게 환상이 아니었을까? 지금 눈앞에 있는 페리와 그 친구들마저도. 게다가 프로그램의 핵심에서 자신은 무슨 일을 한 걸까? 그저 실비아의 지시에 따라 드라이브에 디스크를 넣었을 뿐인데…… 세르주는 자신이 무엇을 가동시켰는지 전혀 알 수 없었다.

순간 사나운 소나기가 도시를 덮친다. 길 가던 행인들이 멈춰서서 이덴에 처음으로 내리는 비를 놀란 눈으로 바라보고 있다. 세르주는 눈을 들어 하늘을 본다. 티 없이 파란 하늘이다. 소나기를 뿌릴 만한 구름은 한 점도 없다.

너무나 완벽한 이 세계의 프로그램에 뭔가 문제가 생긴 게 분명하다. 세르주는 이것이 실비아의 지시에 따라 자신이 한 일과 관련되어 있다고 생각한다.

"망가지기 시작하는군. 이제 곧 이 낙원은 진정한 지옥이 될 거야."

세르주가 말한다.

"페리, 어서 고랑을 찾아야겠다. 너희 여섯 명이 나를 도와다오."

정문이 있는 순환 매표소를 흘끗 보자 세르주는 이덴이 얼마나 빠르게 변하고 있는지 알 수 있다. 여자 안내원들의 시선은 그에게로 향해 있다. 그들의 얼굴은 아까의 완벽한 아름다움 대신 증오로 가득 차 있다.

세르주는 이덴의 공간이동법을 익힐 시간이 없다. 일행은 일단 도시의 길을 뛰기 시작한다. 존은 이덴의 핫스폿을 도용해서, 별 어려움 없이 멜 그레앙의 주소를 알아낸다. 페리와 그 친구들은 그곳에 고랑이 있을 거라고 생각하는 것이다. 이덴에 문제가 생긴 뒤 당황해하는 군중들은 점점 늘어난다. 그 속을 비집고 가면서 세르주의 머릿속에는 지금까지의 일들이 스쳐 지나간다. 그 둘이 디나르로 휴가를 떠나기로 했던 날, 고랑은 코마에 빠진 멜라니를 봤고, 자신은 고랑 곁에 있어 주지 못했다. 이번 수사는 그들을 너무나 먼 곳으로 인도했고 이제 비극으로 끝나려 하고 있다. 어떻게, 어떻게 자신은 고랑이 막심 그레앙의 딸에게 반했다는 걸 눈치채지 못했을까? 어떻게 그토록 둔할 수 있었을까?

"조심하세요!"

마리가 소리치자 세르주가 정신을 차린다.

그의 바로 앞 보도 위로 온 세상을 삼켜 버릴 듯 커다란 구멍이 생긴다. 세르주는 간신히 멈춰 서지만 미처 멈추지 못한 다른 사람들은 끝을 알 수 없는 그 구멍 속으로 떨어진다. 그들이 지르는 비명 소리가 영원처럼 이어진다.

세르주는 놀란 가슴을 쓸어내리며 숨을 내쉰다.

"거의 다 온 것 같아요."

그를 안심시키려는 듯 페리가 말한다.

"저기 노란 나무들이 있는 언덕 보이시죠? 바로 저 언덕 위에 집이 있어요."

세르주는 눈을 들어 도시의 건물들 뒤로 솟아 있는 언덕 꼭대기를 바라본다. 순간 그는 자신의 눈을 의심한다.

"세상에, 별이 떴잖아!"

윌리엄이 소리 지른다.

세르주는 곧바로 무언가 잘못되었음을 깨닫는다. 대낮의 하늘은 너무나 선명한 푸른색인데 여름밤의 별들이 떠 있는 것이다. 이덴은 빠르게 파괴되고 있다.

엉뚱하게 커피향을 풍기는 미모사 꽃밭을 달려서 일행은 숨을 헐떡거리며 마침내 언덕 꼭대기에 다다른다. 에버그린 언덕 아래 바다는 불안하게 짙은 보라색을 띠고 있다. 파도가 핥고 있는 백사장 위에 여덟 개의 거대한 물체가 쓰러져 있는 것이 보인다. 여덟 마리의 고래가 죽어 가고 있다.

세르주는 가장 먼저 집에 도착해 문을 두드리려 한다. 그러나 그의 손은 마치 빗줄기를 통과하듯 나무문을 뚫고 들어간다. 세르주는 잠시 머뭇거리다 한 발 내딛는다. 곧바로 집 안이다. 소파 위에 누워 있는 고랑이 보인다. 그 옆에 멜라니 그레앙이 무릎을 꿇고 앉아 있다. 고랑의 얼굴이 너무나 창백해 세르주는 깜짝 놀란다. 마치 죽어 가는 사람의 안색 같다. 세르주는 마음이 철렁 내려앉는다.

"고랑!"

아들 곁으로 달려가며 세르주가 부른다.

고랑은 열에 들뜬 눈을 들어 아빠를 바라보곤 웃는다.

"혹시 푸아레 씨?"

멜라니가 묻는다.

"뭔가 손을 써야 해요. 고랑이 아파요. 갑자기 이렇게 됐어요."

"고랑, 내가 왔다."

소년이 떨리는 목소리로 겨우 한 마디 내뱉는다.

"아빠……."

"그래, 아빠가 왔다, 아들아. 내가 여기서 구해 주마."

세르주 뒤로 페리와 그 친구들은 어찌할 바를 모르고 서 있다. 그때 어떤 부인이 들어온다. 막심 그레앙의 집에서 그녀의 초상화를 본 적이 있는 세르주는 곧바로 그레앙의 죽은 아내를 알아본다. 그녀는 얼굴 가득 미소를 지으며 고랑에게 다가간다. 갑자기 그녀의 미소가 악마처럼 일그러진다. 그 순간 그녀가 손에 든 단도의 번뜩이는 칼날이 세르주의 눈에 들어온다. 칼날이 그의 아들을 찌르려는 찰나, 세르주는 몸을 던져 그레앙 부인을 덮친다. 그레앙 부인은 땅에 쓰러지고 그녀의 부서진 코에서 검은 피가 흘러나온다.

"엄마!"

멜이 소리치며 달려간다. 진짜 엄마가 아니라 복제인간에 불과하다.

페리가 담담하게 말한다.

"프로그램이 망가지고 있어."

"어떻게 그럴 수가 있지?"

열에 들뜬 고랑을 소파에서 일으켜 세우며 세르주가 묻는다.

"이 여자는 프로그램일 뿐이에요. 다른 모든 것들처럼 버그를 먹은 거예요."

진실은 그보다 훨씬 더 끔찍하다. 세르주는 잘 알고 있다. 자신이 실비아의 지시에 따라 고랑의 프로그램이 든 디스크를 자동파괴 드라이브에 넣은 것이다. 그때부터 이덴에서 고랑은 하나의 바이러스가 되었고 이제 이덴 전체가 고랑을 없애려 달려들 것이다. 그레앙 부인의 공격은 그 시작에 불과하다.

31

고랑은 힘들게 일어섰다.

"나한테 무슨 일이 생긴 거예요, 아빠?"

"안티바이러스. 설명하자면 길어. 너는 지금 이덴의 안티바이러스들의 공격을 받고 있는 거야. 어서 빨리 여기서 나가야 해."

"하지만 여긴 나가는 길이 없어요!"

"있어. 분명히 있을 거야. 언제나 방법은 있다, 고랑. 나를 믿지?"

"네."

세르주는 페리를 돌아본다. 너무나 창백한 모습의 고랑을 본 페리는 무척 놀란 것 같다.

“페리, 떠나기 전에 집 안에서 무기가 될 만한 것들은 전부 가져오너라.”

“무기요?”

“그래. 칼, 막대기 뭐 이런 것들 말이야……. 우리를 방어해 줄 수 있는 거라면 뭐든지 가져와라.”

“하지만, 왜요?”

“길게 말할 시간 없다. 서둘러라!”

세르주의 눈길이 멜에게 가 닿는다. 멜은 꼼짝하지 않는 제 엄마 옆에서 무릎을 꿇고 울고 있다.

“멜라니…….”

소녀가 눈물을 가득 머금은 눈을 들어 세르주를 바라본다.

“멜라니, 이건 네 엄마가 아니야. 너도 알잖니.”

멜라니는 대답이 없다. 지금까지 자기의 삶이라 여겼던 것들이 모두 무너져 내리자 멜라니는 차라리 죽고 싶다.

“멜, 네 어머니는 이 년 전에 돌아가셨어. 저 밖에 네 삶이 너를 기다리고 있단다. 네 아버지도. 고랑도 너를 기다리고 있어. 언제까지고 도망칠 수만은 없잖니. 이제 더 이상 도망칠 때가 아니다.”

페리와 친구들이 집 안에 있는 각양각색의 물건들을 가지고 돌아온다. 부엌에서 쓰는 식칼들, 쇠로 된 침대 다리, 곤봉처럼 생긴 대리석 방망이 등등…….

"제가 뭘 찾았는지 한번 보세요."

소녀 아이샤는 20세기 영화에나 나왔을 법한 구식 권총을 흔들며 소리친다.

"우리 아빠 거예요."

멜라니가 목이 잠긴 소리로 말한다.

"그건 복제품이야. 아버지가 왜 집에 그걸 가지고 계신지 정말 알 수 없었어. 그건……"

"장전이 돼 있니?"

페리가 묻는다.

"응."

"그렇다면 내가 건사해야겠구나."

세르주가 아이샤에게 손을 내밀며 말한다.

"하지만 제가 찾았는걸요."

아이샤는 화가 난 목소리다.

"그래. 하지만 어른은 나잖니. 게다가 내가 경찰이고. 공평하지 않아도 어쩔 수 없다."

아이샤는 내키지 않지만 무기를 고랑의 아버지에게 건네고 자신은 페리가 준 단도로 만족한다.

"무기가 왜 필요한 거예요, 아빠?"

고랑이 묻는다.

"저 밖에서 우리를 기다리는 일들은 그다지 유쾌하지 않을 테니까. 고랑, 여기서 나가야 해. 하지만 이 세계는 우리를 그냥 나가도록 내버려 두지 않을 거다. 알겠니? 자, 준비됐지?"

"네. 근데 목이 말라요."

"열이 나서 그래. 새미! 가서 물 한 컵 가져다 주지 않겠니?"

새미는 곧바로 부엌으로 향한다.

"괜찮을 거다, 고랑."

"아빠……."

고랑이 머뭇거린다.

"왜?"

"죄송해요……."

"괜찮다. 내가 미안하구나, 고랑. 네 곁에 있어 줘야 했는데. 너와 함께했어야 했어."

고랑이 아빠를 바라본다. 눈물이 고인 두 눈에 후회가 서려 있다.

"지금 제 곁에 계시잖아요, 아빠."

새미가 물 한 컵을 떠 와 고랑에게 내민다. 갑자기 이상한 기분이 들어 세르주는 고랑이 입을 대려는 순간 제지한다.

"잠깐!"

세르주가 유리컵의 냄새를 맡더니 얼굴을 찌푸린다. 죽음의 향기가 감도는 화학약품 냄새가 코를 찌른다. 세르주는 물을 바닥에 쏟아 버린다.

"독극물이야! 이 세계 전체가 너를 죽이려 하고 있어! 모든 걸 의심해야 한다. 알았지? 모든 걸!"

세르주는 자신도 실비아를 의심했어야 한다고 속으로 생각한다.

일행은 현관문으로 가지만 현관문은 잠겨 있다. 순간 세르주는 고민에 빠진다. 시간이 얼마 없는데 방법이 없다. 이번에는 웨일베이가 내려다보이는 테라스 쪽 유리문으로 가 본다. 역시 잠겨 있다. 그때 갑자기 숨이 가빠진다. 동시에 다른 일행들도 숨쉬기가 힘들어 보인다. 심지어 마리는 바닥에 주저앉아서 두 손으로 목을 잡고 있다.

"공기! 집이 우리를 질식시키려 해. 공기가 없어."

세르주가 숨이 끊어질 듯 말한다.

갑자기 무언가 요란하게 깨지는 소리에 세르주는 깜짝 놀란다. 뒤를 돌아보니 멜이 거실 베란다 문에 의자를 던진 것이다. 그러자 곧바로 공기가 집 안으로 밀려들어와 고통 받던 일행의 폐를 부풀게 한다. 이덴이 보통 때 제공하던 달콤하고 깨끗한 공기가 아니다. 가까운 바다에서 불어오는 달콤하고 소금기 머금은 그런 공기도 아니다. 악취가 진동하는 썩은 공기, 부패한 공기다. 그러나 어쨌든 그 공기 덕분에 그들은 다시 숨을 쉴 수 있다.

"서둘러! 가자!"

세르주가 명령한다.

밖에서 그들을 기다리고 있는 것은 말 그대로 지옥이다.

32

종말의 빛이 이덴에 드리웠다. 하늘에는 보름달이 떠올라 태양을 가린다. 이 인공 일식은 사람들로 하여금 가장 오래된 공포를 다시 떠올리게 한다. 태곳적의 미신, 수세기 동안 감춰 두었던, 그러나 작은 신호로도 다시 살아 꿈틀댈 준비가 되어 있는 두려움을 깨운다.

도시의 거리들은 공포에 빠진 사람들로 넘쳐났다. 군중들은 오직 한 방향, 정문을 향해 어지러이 뛰어가고 있다. 모두 멸망하고 있는 이 세계로부터 도망치려는 것이다. 빠져나가기 위해 사람들은 어떤 짓이라도 할 태세다. 서로 싸우고 짓밟고 심지어는 죽일 각오도 되어 있다.

원형 광장의 안내소는 이미 아비규환이다. 아무도 출구가 없다는 사실을 받아들이지 못한다. 여자 안내원들은 몰려드는 사람들을 밀쳐 내기 위해 기꺼이 그들을 때리고 깨물고 넘어뜨리기를 마다하지 않는다. 점점 더 늘어나는 군중들에 밀려 먼저 도착한 사람들은 안내소와 군중들 사이에 끼인 채 숨이 막혀 죽어간다.

길거리에는 사람들이 사람들을 밟고 지나간다. 힘센 자들은 지나가고 그렇지 못한 사람들은 땅에 깔려 뭉개진다. 도로로 밀려 나오다 못해 보도 위까지 올라온 자동차들은 사람들을 치고 그 위로 질주한다. 여기저기서 비명과 눈물, 도움을 요청하는 외침만이 대답 없이 떠돈다.

도시가 무너지기 시작한다. 벽들이 와르르 무너져 내리며 사람들을 덮친다. 나무들이 쓰러지고 바닥을 알 수 없는 거대한 구멍이 도망치는 사람들을 삼켜 버린다.

하늘에는 이덴의 새들이 끝없이 맴돌고 있다. 세상의 종말에는 하늘도 피난처가 될 수 없다. 크기가 다양한 새들의 실루엣이, 하늘을 빽빽하게 채운 불길한 별들을 가린다. 이따금 거대한 날짐승의 무리가 하늘을 가로질러 날아간다. 신비의 존재인 이 날짐승들은 인간의 음흉한 상상력이 만들어 낸 괴물로 지하의 연옥에서 풀려나 이덴의 하늘을 가로지르고 있는 것이다.

도시의 외곽, 미모사 언덕 아래에서는 세르주와 여덟 명의 소년 소녀들이 여전히 갈피를 못 잡고 머뭇거리고 있다.

"소용없어요."

페리와 윌리엄의 부축을 받고 있는 고랑이 한숨을 내쉰다.

"나가는 출구가 없다고요. 벌써 시도해 봤는걸요."

혼돈과 광란에 휩싸인 도시의 거리에 합류하는 것은 별로 좋은 생각이 아니다. 그것은 너무나 위험하다. 이성을 잃은 군중들 속에 뒤섞인다는 건 자살행위나 다름없다. 그렇다고 가만히 앉아서 죽음을 기다릴 수도 없다. 무엇을 할 것인가? 어디로 갈 것인가? 하늘에 떠 있는 새들처럼 출구 없는 세상이라는 덫에 걸린 것만 같다. 실비아가 다시 그를 안내해 준다면 좋으련만! 실비아. 그 여자는 지금쯤 분명 멀리 있을 것이다. 시시각각 다가오는 죽음의 그림자를 느끼는 이 순간, 세르주는 무엇보다 실비아에게 복수를 하지 못하는 게 원통하다. 자기의 두 손으로 그 악녀의 목을 조르기 위해서라도 그는 이 악몽에서 탈출해야 한다.

옆을 힐끗 보니, 황혼녘의 빛 속에서 무언가가 엄청난 속도로 다가오고 있다. 고개를 돌려 보니 엄청난 거구의 남자가 도끼를 휘두르며 고랑을 덮치려 한다. 생각할 것도 없이 세르주는 주머니에서 권총을 꺼내 남자를 향해 방아쇠를 당긴다. 남자는 얼굴에 총을 맞고 고랑의 코앞에서 쓰러진다. 그가 쓰러트린 것은 사람이

아니다. 이덴의 음습한 데이터들로부터 만들어진 복제인간에 불과하다. 하지만 너무나 진짜 같아서 세르주는 구역질이 치민다.

"움직여야 해요. 여기 멈춰 있으면 너무 쉽게 표적이 된다고요."

페리가 말한다.

"어디로 가자고?"

마리가 묻는다.

"나도 모르겠어. 일단 움직여야 해."

일행은 거인의 시체를 뒤로 하고 떠난다.

겨우 십여 미터쯤 갔을 때 긴 호각 소리가 들린다. 처음으로 고랑을 공격하는 거대한 괴물 새를 본 것은 새미다. 날개가 적어도 3미터는 될 것 같다. 발끝에는 날카로운 발톱들이 나 있고 엄청나게 큰 부리 사이로 솟은 날카로운 이빨을 볼 수 있다. 새는 마치 돌덩이처럼 일행 위를 덮친다. 새미가 손에 쥐고 있던 침대 다리를 휘두르며 소리를 질러 새를 유인한다. 새미는 같은 동작을 반복하며 일행으로부터 떨어져 나간다. 괴물을 유인한 걸 확인하자 새미는 공격할 준비를 한다. 눈을 꼭 감고 있는 힘껏 몽둥이를 내리친다. 하지만 그 충격으로 그만 바닥에 나동그라진다. 머리가 돌에 세게 부딪혔지만 다행히 의식을 잃지는 않았다. 다시 날아오른 괴물 새는 움직이지 않고 공격할 기회만 노리고 있다. 세르주가 새미 곁으로 와 새미를 일으켜 세운다. 날개가 있는 파충류에 가까운 괴물 새가 그들을 다시 한 번 덮친다. 세르주가 총을 겨눠 두 방을 쏜다. 두 발 모두 명중이다. 그러나 괴물은 추락하지 않는다. 새미가 다시 한 번 몽둥이로 가격하지만 헛방망이질이다. 그 틈을 타 괴물은 새미의 가슴을 파고든다. 세르주가 괴물을 향해 세 번째 방아쇠를 당긴다. 괴물은 땅에 떨어진다. 괴물의 발톱이 온통 피범벅이다.

마리가 새미에게 달려간다. 새미는 이미 숨이 끊겼다. 두려움으로 일그러진 새미의 눈은 허공을 응시하고 있고 가슴은 헤집어져 심장이 밖으로 나와 있다.

일행은 충격에 휩싸인다. 아이샤가 슬퍼하며 긴 울음을 토하고, 마리 역시 울음을 터뜨린다. 세르주는 풀밭에 털썩 주저앉는다. 멜은 두 손에 얼굴을 묻는다.

"나 때문이야. 괴물이 노린 건 나였는데……."

고랑이 웅얼거린다.

페리와 윌리엄이 고랑이 앉는 걸 도와준다. 멜이 고랑에게로 다가가 두 팔로 안아 준다. 고랑이 흐느끼기 시작한다. 열과 슬픔으로 몸을 떨고 있다.

저 멀리 도시는 혼돈의 어둠 속에서 무너져 내리고 있다. 엄청난 불길이 하늘을 밝힌다. 비명과 흐느낌, 폭발음, 건물들이 무너지는 소리가 들린다. 세상이 끝나는 소리다.

그렇게 충격 속에서 몇 분을 보낸 뒤, 세르주는 다시 일어선다. 유일한 어른인 자신이 힘을 내서 어린 일행들을 이끌어야 한다.

그는 천천히 아들에게 다가간다. 고랑은 여전히 멜의 품에 안겨 있다. 그것을 보자 마음이 아려 온다. 자신도 고랑과 비슷한 나이에 첫사랑에 빠졌었다. 그 소녀의 품에서 그는 무한한 기쁨을 발견했고 그녀가 떠날 때는 마음이 찢어질 듯 아팠었다. 세르주는 갑자기 지나간 시간들이 너무나 생생하게 느껴진다. 자신은 늙어 가고 있고 고랑은 이제 곧 성인이 될 것이다. 씁쓸한 마음을 털어 내며 그는 지금은 자신들이 갇혀 버린 이 가상의 세계, 자신들을 죽이려 하는 이곳에서 벗어나는 방법을 생각할 때라고 스스로에게 말한다.

갑자기 눈앞이 흐려진다. 세르주가 눈을 비벼 보지만 환영은 여전하다. 멜라니의 몸이 점점 투명해지더니 사라져 버린 것이다.

"멜! 멜!"

고랑이 소리친다.

기운이 없음에도 불구하고 고랑은 절망하며 일어난다.

"멜이 어디 있지?"

마리가 묻는다.

"나도 몰라. 그녀는……"

"멜은 사라졌다. 내가 봤어. 내 눈 앞에서 사라지는 걸 말이다."

세르주가 설명한다.

"멜!…… 안 돼!"

절규하던 고랑은 쓰러지고 만다.

그때 페리가 말한다.

"좋은 징조일지도 몰라!"

"어떻게 그게 좋은 징조야?"

존이 깜짝 놀라며 묻는다.

"멜은 어쩌면 진짜 세상으로 돌아갔는지도 몰라."

"좀 더 설명해 보렴."

세르주가 페리에게 다가서며 말한다.

고랑이 자신의 절친한 친구를 쳐다본다. 그 눈 속에 한줄기 희망의 빛이 엿보인다.

"보통 이덴에서 나가는 유일한 방법은…… 그러니까 프로그램이 멈추는 거죠."

"그렇지."

아이샤가 말을 끊는다.

"하지만 멜은 약을 연거푸 복용했고, 그래서 프로그램이 영구화되었잖아."

세르주는 그들의 대화를 들으며 속으로 감탄한다. 실비아와 이 사이버 마약을 고안한 못된 놈들은 알고나 있을까, 십대에 불과한 이 아이들은 이 지옥이 어떻게 작동하는지를 이미 이해하고 있다.

페리가 말을 받는다.

“맞아. 하지만 지금은 보통 때와는 다르지. 이덴은 파괴되고 있어. 프로그램의 중추도 손상되었을 거야.”

세르주가 끼어든다.

“내가 아는 바에 따르면 이덴의 피해자 개개인은 나노봇에 의해 프로그램과 연결되어 있어.”

“네? 나노…… 뭐요?”

“말하자면 초소형 로봇들이지. 머릿속에 있는 거야. 나노봇과 거기에 명령을 내리는 이덴의 중추 프로그램 사이의 연결이 끊기면 나노봇들은 더 이상 송수신을 할 수 없지. 다른 말로 하자면, 나노봇들은 끝장인 거지.”

“그리고 멜은 진짜 세계로 돌아간 거고요?”

고랑이 묻는다.

“음…… 나도 그러길 바란다. 정말 그러길 바라.”

세르주가 대답한다.

일행들은 잠시 말이 없다. 다들 방금 들은 설명을 되씹어 보고 있다. 세르주가 다시 말문을 연다.

"그러니까, 여기서 나가는 유일한 방법은 프로그램이 완전히 멈추기를 기다리는 수밖에 없다…… 그거지? 우리의 나노봇이 작동을 멈출 때까지 말이야……."

"네."

페리가 대답한다.

"우리가 할 수 있는 건 그때까지 살아남는 거예요."

그때 갑자기 윌리엄이 소리친다.

"저기 보세요! 저기요!"

저 멀리 도심 쪽에서 십여 명의 남녀 안내원들이 그들을 향해 몰려온다. 놈들에게도 마찬가지의 임무가 입력되어 있다. 바로 고랑을 처치하는 것.

33

"서둘러! 뛰자!"

세르주가 소리친다.

"새미는요."

새미의 주검을 쳐다보며 마리가 묻는다.

"시간이 없어. 어서 도망가야 해. 어떻게든 버텨야 해. 어떻게든 살아남아야 한다고! 새미의 희생을 헛되게 할 순 없어."

일행은 뛰기 시작한다. 세르주와 페리는 고랑을 부축한다. 고랑은 마지막 남은 힘을 다해 움직인다.

"이리로 가면 어디로 가는 거지?"

세르주가 페리에게 묻는다.

"항구요."

그들 뒤로 이덴의 특공대가 바짝 뒤쫓고 있다.

거대한 아치 모양의 항구 둘레에 유리로 된 건물들이 늘어서 있다. 건물의 유리들은 하나도 남김없이 모두 부서졌다. 항구 역시 불안해서 허둥대는 군중들로 차 있다. 인류가 생겨난 이래 늘 그러했듯 인간은 본능적으로 바다에서 생존을 향한 탈출구, 영원한 피난처를 향해 열린 문을 본다. 하지만 이덴의 바다는 죽음에 이르는 덫일 뿐이다. 그렇지만 세르주는 페리의 생각이 옳기를 바라며 바다에 마지막 희망을 걸어 본다. 저 바다가 그들이 현실세계로 불려 갈 때까지 추격자들로부터 몸을 피하게 해 줄 수도 있을 것이다. 일단 배가 있어야 한다. 그러나 선착장에는 소형보트 하나 남아 있지 않다. 모든 배들은 도망자들을 가득 실은 채 난바다 위에 떠 있다. 고요한 바다는 점점 짙은 보라색을 띠며 죽어 가고 있다.

"마리!"

갑자기 윌리엄이 소리친다. 윌리엄은 마리가 사라지는 것을 본다.

세르주는 무거운 마음으로 마리가 진짜 세상에서 깨어나는 것이기를 바라고 또 바란다. 이번에는 페리가 희미해진다. 페리는 당황해하며 고랑을 바라본다. 그리고 손을 들어 작별인사를 한다. 잠시 뒤 페리의 모습도 완전히 사라진다.

그때 세르주는 자신들을 쫓는 추격자들이 선착장 어귀에 다다르는 걸 본다. 그들 뒤에서 소리가 난다. 모터 소리 같다. 세르주가 뒤돌아보니 보트 한 대가 엄청난 속도로 달려온다.

세르주가 곧바로 소리친다.

"아이샤! 이걸 받아!"

그가 권총을 던지자 아이샤는 잽싸게 받는다.

"총알이 두 발 남았어. 끝까지 싸워!"

이렇게 말하고 세르주는 선착장을 따라 뛰기 시작한다. 그의 시선은 가까이 다가오는 소형보트 위에 고정되어 있다. 한 남자가 보트를 조종하고 있다. 생각할 것도 없이 세르주는 운명에 맡긴 채 자신의 몸을 날린다. 그에게는 영원처럼 느껴지는 한순간을 날아, 그의 몸은 쿵 소리를 내며 보트 안에 떨어진다. 날카로운 통증이 그의 왼쪽 다리에 퍼진다. 보트의 조종사는 깜짝 놀란 얼굴이다. 그 표정을 보고 세르주는 그가 프로그램이 아니라 이덴으로부터 도망치려는 인간이라는 걸 알 수 있다. 하지만 세르주는 이 남자를 죽일 태세다. 아들을 구하기 위해서라면 살인이라도 할 각오가 되어 있다. 오래전 고랑이 태어난 날부터, 그 아이를 처음으로 품에 안은 날부터 그의 몸에 본능적으로 생겨난 부성애 때문이다.

세르주는 다리가 부러졌는데도 불구하고 조종사를 덮친다. 있는 힘을 다해 그를 때려눕힌다. 그리고 그 몸을 바다에 던져 넣는다.

한편 부두 위에서는 전투가 한창이다. 습격자들은 수적으로 훨씬 우세하지만 아이들은 분기탱천해서 죽기 살기로 싸운다.

아이샤가 벌써 두 명의 남자 안내원과 맞대결을 펼쳐 쓰러뜨렸다. 아이샤는 권총을 곤봉처럼 사용하고 있다. 아이샤가 휘두르는 권총에 맞은 상대방의 뼈가 부서지며 둔탁한 소리를 낸다. 그 소리에 아이샤는 더 힘이 나 밀치고, 고함 지르고, 가쁜 숨을 내쉬며 분노로 두 눈을 부릅뜬다. 윌리엄은 자신에게 덤벼들던 한 여자 안내원을 처치하고 시체의 배에서 뺀 부엌칼을 곧바로 그 옆에 있는 남자 안내원의 목덜미에 찔러 넣는다. 두 손과 팔은 피로 흥건하다. 피는 초록색으로 변한다. 또 하나의 버그다. 그는 곧바로 또 다른 적의 목숨을 빼앗으려 달려든다. 존은 손에 새미가 들었던 침대 다리를 들고, 오직 한 가지 목표로 달려드는 복제인간을 셋이나 해치웠다. 복제인간들의 유일한 목표, 그것은 고랑을 처치하는 것이다. 한편 약해질 대로 약해진 고랑이었지만 고랑도 두 명의 여자 안내원을 해치웠다. 그러나 아무리 해치워도 상대편의 수는 점점 늘어나기만 한다.

"여기야! 어서!"

세르주는 보트의 조종키를 잡고 선착장과 나란히 대고 있다.

"뛰어! 어서!"

맨 처음으로 아이샤가 잽싸게 뛰어내린다. 아이샤를 잡으려는 남자 안내원의 손아귀를 아슬아슬하게 벗어났다. 존이 곤봉을 머리 위로 아무렇게나 휘두르며 적들이 다가오지 못하게 하는 동안 윌리엄은 고랑이 선착장으로 다가가도록 돕는다. 선착장 끝에 걸터앉은 고랑은 힘없이 미끄러진다. 아이샤가 고랑의 몸을 잡아 보트 안에 싣는다. 이어 윌리엄이 보트 안으로 뛰어내린다.

"존! 네 차례야!"

존은 더 이상 어느 쪽으로 향해야 할지 모르겠다. 그는 눈을 감고 닥치는 대로 곤봉을 휘둘러 댄다. 곤봉이 적들의 얼굴을 치는 소리가 들린다. 그러다 갑자기 침대 다리를 내던지고 뒤돌아 달려간다. 존은 보트가 어디 있는지 확인할 겨를도 없이 뛰어내린다.

보트 안에 탄 사람들의 시선이 모두 존에게로 향한다. 존의 몸은 선착장과 보트 사이의 허공에 떠 있다. 존은 그대로 공중에서 사라진다. 다른 세계로 불려 간 것이다.

곧바로 세르주는 속력을 냈고 배는 넓은 바다로 질주한다.

아이샤가 이덴에서 사라지고 다음으로 몇 초 뒤 윌리엄도 뒤를 따른다.

고랑과 그의 아버지 단둘만이 보트에 남아 있다. 그들은 이제 선착장과 화염에 휩싸인 도시로부터 아주 멀리 있다. 세르주는 자신이 파괴해 버린 도시를 바라본다.

그들 주위로 침묵이 자리 잡는다. 아버지와 아들은 아무 말이 없다. 그저 바다의 물결에 따라 흔들리며 잠시 숨을 돌린다. 바다 위에는 죽은 물고기 사체가 수없이 떠 있다.

고랑은 눈을 감는다. 너무나 피곤하다. 열과 싸우느라 너무나 지쳤다. 그래서 자신의 등 뒤로 무언가 조용히 다가오는 소리를 듣지 못한다.

세르주는 갑자기 공포감을 느낀다. 어디서 생겨났는지 알 수 없는 물결이 고랑을 향해 밀려오고 있다. 엄청난 물결이 일어 기름 바다 한가운데 물의 장벽을 이룬다. 그가 소리를 지를 틈도 없이 아들은 보트 밖으로 휩쓸려 간다. 바다는 고랑을 덥석 삼키고는 곧 그 입을 다문다.

세르주는 곧바로 자리를 박차고 일어나 물속으로 뛰어든다. 물속에서 그는 젖먹던 힘을 다해 앞으로 헤엄쳐 나가 겨우 고랑의 한 팔을 잡는다. 그리고 물 위로 향한다. 두 뺨에 와 닿는 공기를 느끼고서야 세르주는 살았다는 걸 실감한다. 그는 아들을 두 팔로 안아 올려 머리를 물 밖으로 꺼낸다. 그러곤 오래전, 침대맡에 앉아 악몽을 꾼 아이를 달래 주던 그때처럼 아들에게 말을 하기 시작한다.

"괜찮다. 고랑…… 별일 아니야. 내가 있잖니. 아빠가 있잖니. 자, 자, 고랑. 걱정할 것 없어."

순간 세르주는 아들의 몸이 자기 손을 떠나 사라지는 것을 느낀다. 고랑이 앞서 떠난 다른 친구들처럼 사라지고 있다. 세르주는 눈물을 흘린다. 기쁨의 눈물인지 고통의 눈물인지 알 수 없다.

일렁이는 물결 한가운데 홀로 남은 세르주는 이제 흐느끼며 기다린다. 그가 기다리는 것이 죽음이 될지 삶이 될지 알 수 없지만 그저 기다릴 뿐이다.

34

세르주 ▽ 5월 11일

브뤼셀의 아즈-뷔브 병원의 침상에 누워 나는 내 두 손을 바라본다. 손은 여전히 떨린다. 머리가 무겁고, 입안에서는 정체를 알 수 없는 금속의 맛이 난다. 무엇보다 너무나도 피곤하다. 온몸의 근육들이 이제 좀 쉬고 싶다고 외쳐 대는 것만 같다. 몸 전체가 거대한 쇳덩어리 같은 느낌이다. 그렇지만 어쨌든 나는 승리했다!

노라가 여기 내 곁에 있다. 노라 역시 지쳐서 의자에서 잠이 들었다. 노라가 내게 그동안 일어난 일들을 이야기해 주었다. 적어도 그녀가 알고 있는 것들은 전부 다 말해 주었다.

실비아가 내 의식이 완전히 사라지지 않은 상태로 효력을 발할 수 있는 단백질을 만든 것은 사실이다. 하지만 그 효력은 고작 십오 분 동안이었다. 그녀가 나를 이용해 자신의 목적을 이루는 데 필요한 시간 동안만 나의 의식을 깨워 놓았던 것이다. 그다음 나는 곧바로 이덴을 남용한 다른 사람들처럼 코마에 빠졌다. 연구실은 즉시 혼란에 휩싸였다. 노라는 상황을 통제할 수단이 없었다. 다른 누구도 마찬가지였다. 의료진들은 내 의식을 회복하게 하려고 애썼지만 소용없었다. 당연하게도 이 혼잡을 틈 타 실비아, 요망하기로는 둘째 가라면 서러운 실비아 코르소는 종적을 감춰 버렸다. 벨기에 측 경찰관 한 명이 그녀를 다시 체포하는 데 성공했지만 그 경찰관은 결국 화장실에서 의식을 잃은 채 발견되었다. 그의 목 둘레에 전자 목걸이인 '기차화통'이 반짝거렸고, 실비아의 몸속에 투입되었던 소형 위치추적 칩도 경찰관의 이마에 붙어 있었다. 실비아는 연구실에서 몰래 빼돌린 메스로 제 몸에서 소형 칩을 꺼내는 데 성공한 것이다. 그렇게 해서 실비아는 감쪽같이 사라졌다. 그녀가 지금 어디 있는지 알 수는 없지만, 이제 그녀를 뒤쫓는 것은 유럽 경찰과 러시아 경찰만이 아니다. 그에 더해 지금쯤이면 자신들의 즐거운 인공낙원을 망쳐 놓은 게 실비아라는 것을 알게 되었을 이덴의 세력들이 가세할 것이다. 그 일을 할 수 있는 것은 오직 실비아 코르소뿐이라는 걸 그들도 알고 있을 것이다. 나는 실비아에게 잘해 보라고 말하고 싶다. 또한 낙원을 빼긴 자들에게도.

고백하건대 그녀가 어디에 있든 나에겐 더 이상 중요하지 않다. 지금 나는 사표를 낼까 생각 중이다. 고랑과 함께 아버지 집에서 그다지 멀지 않은 브르타뉴로 가서 건강을 회복한 다음 새롭게 시작하는 거다. 경찰이니 마약이니 하는 것들은 이제 지긋지긋하다. 아무래도 노라에게 말해야겠다. 노라라면 틀림없이 좋은 충고를 해 줄 것이다.

그러나 브르타뉴로 떠나는 것을 고민하기 전에 먼저 고랑이 회복되기를 기다려야 한다. 시간이 꽤 걸릴지도 모른다…….

노라가 설명해 준 바에 따르면, 내가 코마에 빠지고 실비아가 사라진 얼마 뒤부터 '식물인간' 들의 병실에서 의료진과 경찰들을 호출하기 시작했다고 한다. 이덴의 피해자들이 차례차례 코마에서 깨어난 것이다! 고랑은 마지막으로 깨어난 사람들 중 하나였다. 극도로 쇠약한 상태였지만 다행히 숨은 붙어 있었다. 아쉽게도 그들 중 다섯 명은 깨어나지 못했다. 그들은 앞으로도 깨어나지 못할 것이다.

뭐라고 설명하기 어렵지만 나는 안도감 같은 걸 느낀다. 실비아가 도망쳤다는 사실도 내 기분을 망치지 못한다. 나 말고 다른 사람들이 그녀의 뒤를 쫓기 시작할 테니까. 비록 그녀가 내 아들과 나를 죽이려고 했을지라도, 그녀 덕분에 이 끔찍한 재앙을 멈출 수 있었던 건 사실이다. 그렇지만 혹시 그녀를 만나게 되면 그 자리에서 그녀의 목을 조르지 않으리라고는 장담 못한다! 어쨌든 지금 이 순간에는 그보다 훨씬 더 좋은 일들이 나를 기다리고 있으니까.

나는 내일이나 혹은 모레쯤 퇴원하기로 되어 있다. 물론 여전히 상태를 지켜봐야 하겠지만, 의료진들은 내가 그 지옥에서 나오는 과정에서 다리를 다친 것 말고는 심각한 부상을 입지 않았다고 확인해 주었다. 노라가 그레앙이 다녀갔었다고 말해 주었다. 그는 상부의 칭찬이니 훈장이니 하는 말들을 두서없이 주절거리고는 서둘러 자기 딸을 보러 가 버렸다고 한다. 나는 그 심정을 이해한다. 나도 아직까지 고랑을 보지 못하고 있다. 노라가 고랑과 나 사이를 오가며 소식을 전해 주는데 고랑은 의식을 회복했다고 한다. 무척 지쳐 있지만 어쨌든 의식이 깨어 있다고 한다. 뭘 더 바라겠나? 세상에서 내게 가장 소중한 존재를 되찾았으니 말이다.

나는 운이 좋은 편이다. 잘 알고 있다. 유럽 연방 도처에서 그날 밤 수많은 사람들이 의문의 죽음을 맞았다. 그들은 자신의 집에서 죽은 채 발견되었다. 가히 전염병이라 할 만했다. 이미 백여 명 이상이 죽었는데 그들은 다양한 사회집단에 속했으며 공공연한 약물중독자들이었다. 그중에는 존경받는 유명 인사들도 있었다. 이덴으로부터 빠져나오지 못한 희생자들을 부검한 결과 전색증, 동맥파열, 내출혈 등이 사인으로 밝혀졌다. 당국은 사태를 진정시키려고 전전긍긍하고 있다. 어쨌든 실비아는 스스로 뿌듯할 것이다. 자신이 얼마나 센지 보여 주었으니 말이다. 그녀가 바란 게 바로 그것이었다고 나는 확신한다.

아직 고랑은 이덴과 완전히 끝난 것이 아니다. 의사들과 심리학자들의 말에 따르면 이덴으로부터 완전히 벗어나는 데는 오랜 시간이 걸릴 거라고 한다. 또 나노봇이라는 문제가 남아 있다. 나노봇은 한번이라도 이덴을 복용한 사람들 모두의 몸 안에 계속해서 남아 있을 것이다. 내 몸에도 남아 있을 것이다. 활동은 안 하겠지만 꺼내는 건 불가능하다. 만약 누군가가 그것들을 다시 작동시킬 방법을 찾아낸다면…… 무슨 일이 벌어질지 생각하면 정말 공포스럽다. 일단 마약이라는 덫에 발을 들여놓은 이상 절대 안심할 수 없다. 늘 불안해해야 하는 것이다.

하지만 지금은 생각하고 싶지 않다. 이 순간만큼은 악몽은 끝났다. 여전히 고랑 앞에는 많은 시련들이 있지만, 진짜 삶으로 돌아가기 위해서는 극복해야 한다. 무엇보다 고랑을 괴롭히는 것은 죄의식이다. 스스로 이겨 내야 한다.

하지만 고랑은 혼자가 아니다. 예전에도 혼자가 아니었다는 걸 이제는 깨달았을 것이다. 할아버지 할머니가 힘이 되어 줄 것이고 노라가 도와줄 것이며 나 역시 내 아들을 믿는다. 고랑의 엄마도 더 이상 아이를 방치하지 않겠다고 약속했다. 그리고 멜라니도 있다. 내 생각에는 막심 그레앙도 곧 자신의 딸이 보잘것없는 경찰의 아들과 사귄다는 걸 알게 되겠지만 어쩔 것인가, 바로 그 경찰이 자신의 딸을 구했는데!

모든 연애가 그렇듯 멜라니와 고랑의 감정도 언젠가는 식겠지. 하지만 그동안은 둘 모두 마음껏 사랑할 것이다.

나는 이제야 한숨을 돌릴 수 있다. 내 아들이 자기 앞에 펼쳐진 일들을 극복하리란 걸 알기 때문이다. 고랑은 충분히 이겨 낼 것이다.

35

고랑▽ 7월 12일

삶이라는 거대한 숙제.

50명가량 되는 우리들은 여기 모여서 이 말의 의미를 다시 배우는 중이다. 50명의 이덴 복용자들, 50명의 생존자들 말이다.

페리는 몇 주 전에 먼저 정상적인 삶으로 되돌아갔다. 페리의 치료 기간은 그리 길지 않았다. 반면 멜과 나는 경우가 다르다.

치료센터는 레 섬에 자리 잡고 있다. 재밌게도 이곳은 예전에 감옥이었다. 이덴의 몰락으로 유럽 여러 곳에서 피해자가 발생하자 이곳이 탄생했다. 정상적인 삶으로 돌아갈 수 있도록 재교육하는 프로그램이 서둘러 만들어진 것이다. 받아들이기가 힘들다. 한때 너무나 파랗던, 그러나 이제는 그 선명함을 잃은 하늘, 무미건조한 냄새, 별 하나 뜨지 않는 밤, 답답하기만 한 공기, 그리고 이덴에서는 모든 것을 향해 활짝 열려 있던, 그러나 이제 그 흥분을 잃어버린 육체. 너무나 생생했던 그곳에서의 삶이 진짜 삶이 아니라는 것을 인정하기가 어렵다. 매 순간마다, 몸짓 하나마다, 먹는 음식마다, 내뱉는 말마다 나를 짓누르는 이 허무감을 떨쳐 버리기 힘들다. 삶이란 대체 무엇일까?

새미의 장례식 때를 제외하고 멜과 나는 레 섬 밖으로 나간 적이 없다. 우리는 도저히 바다로부터 멀리 떨어져 있을 수가 없다. 바다의 풍경과 냄새, 그 노랫소리만이 여기 있는 우리로 하여금 이덴에서의 강렬했던 삶을 기억하게 해 준다.

멜의 아버지와 우리 아버지는 주말마다 찾아온다. 때때로 엄마도 나를 보러 온다. 멜은 자기 아버지와 이야기하기를 거부하고 있다. 그녀의 아버지가 이덴의 몰락을 자신의 공으로 가로채고 프랑스의 지도자로 선출되었기 때문이다.

지난주에는 아빠가 노라와 함께 왔다. 아빠와 노라는 둘이 함께 살기로 했다고 말했다. 그러곤 초조하게 내 반응을 기다렸다. 몇 년 동안이나 내가 바라던 일이 이루어졌는데 행복하지 않을 리가 있을까? 내가 집으로 돌아가면 노라가 있을 거라는 사실에 나는 두려운 내 미래에 대해 다시 생각하게 된다.

지겨운 재교육 프로그램이 끝나는 오후면 멜과 나는 바닷가로 도망친다. 우리만의 바닷가. 멜은 섬에서 바람이 가장 많이 부는 장소로 간다. 그곳의 바다는 거친 천연의 상태 그대로다. 우리는 서로 얼굴을 마주 보고 모래 위에 나란히 눕는다. 멜은 늘 가지고 다니는 커다란 푸른색 숄로 우리 몸을 덮는다. 이덴에서 보았던 그녀의 눈빛과 같은 푸른색이다. 우리는 그렇게 파란, 너무나 파란 우리 둘만의 피난처 안에서 몇 시간이고 머문다. 세상으로부터, 모든 것으로부터 멀어진다. 오직 우리의 사랑만이 이덴에서 살아남았다. 분명 그 사랑은 이덴에서보다 이곳에서 더 강할 것이다. 서로의 눈을 바라보며 손을 꼭 잡고, 우리는 삶의 숨결을 느끼는 법을 다시 배운다. 한없이.

|역자 후기|

이 책은 가까운 미래에 인류를 위협할 가공할 적을 그리고 있다. 무엇일까? 그것은 공해도, 핵전쟁도, 지구온난화도 아닌 바로 마약이다. 마약은 시대에 따라 그 모습을 거듭 바꾸어, 급기야 사이버 마약이라 할 수 있는 '이덴(E-den)'이 등장하게 된다. 컴퓨터게임과 시뮬레이션게임에 열광하는 젊은이들은 머릿속에서 생각하는 그대로 가상현실을 선사하는 '이덴'의 유혹을 뿌리치지 못한다. 그러나 이 마약에는 치명적인 위험이 있다. 그것은 중독자들로 하여금 숨은 붙어 있으나 사실상 죽은 것이나 다름 없는 코마에 빠지게 한다는 것. 단 한 번의 호기심도 용납하지 않는 치명적 마약인 이 '이덴'에 가장 유능한 마약수사요원의 아들 고랑이 빠져들게 되면서 이야기는 시작된다. 여기에 전형적인 '팜므 파탈' 인 천재 과학자 실비아 코르소가 사건 해결의 열쇠로 등장하면서 이야기는 더욱 흥미진진하게 전개된다.

내가 이 책에서 주목하는 부분은 작가가 그려 내는 미래 사회의 어두운 단면이다. 미래의 사회는 눈부신 과학기술의 발전 덕에 겉보기에는 완벽하게 통제되고 관리되는 것처럼 보인다. 그러나 그 한편에는 버려진 존재들, 미래 사회에 편입되지 못한 낙오자들이 건설한 불온한 세계가 도사리고 있다. 이아니스에게 '이덴' 을 받기 위해 고랑이 찾아간 제6구역이 그 대표적 예이다. 여전히 종이 돈이 통용되고, 폭력과 마약과 인간의 온갖 욕망의 무대가 되는 그곳. 그러나 미래 사회의 사람들은 그저 모른 척할 뿐이다. 기차는 그곳을 무정차로 통과하고, 각종 공권력과 법도 그곳에선 아무런 효력을 발휘하지 못한다. 낮 동안 무기력하기 그지없던 제6구역은 밤이 되면 약육강식의 법칙이 지배하는 정글로 탈바꿈한다. 감추어 두었던 모든 추악한 욕망이 아무런 구속 없이 분출되는 공간이 되는 것이다. 제6구역은 미래 사회가 백안시하고, 과학기술이 도외시한 인간의 원초적 욕망의 집합소라 할 수 있다. 그리고 과학기술이 선사하는 통제된 낙원과 제6구역으로 상징되는 원초적 욕망의 세계 사이에서 방황하고 표류하던 젊은이들이 결국은 사이버세계로 도피하고 마는 것이다.

그렇다면 희망은 있을까?

고랑의 할아버지가 갈파하듯이, 미래 사회의 비극은 인간이 우주에 대한 상상력을 잃어버리고 별을 노래하는 마음을 잃어버리게 되면서부터 시작되었다. 사람들은 오직 과학과 기술을 맹신하고, 효율과 성과만을 중시하며 앞만 보고 내달리고 있다. 이제 그 광기 어린 열차에서 내려 스스로를 돌아보아야 할 때다. 어쩌면 작가는 이렇게 말하고 있는 듯하다. 저 옛날 인류가 누렸던 꿈과 상상력에서 위로를 찾으라고……. 희망은 거기서부터 나온다고 말이다.

2010년 6월

박희원